KB042615

Return
of the Meister

*Return
of the Meister* 6

초판 1쇄 인쇄일 2015년 2월 24일 | **초판 1쇄 발행일** 2015년 2월 26일

지은이 서 야 | **펴낸이** 곽중열 | **담당편집 팀장** 이범수
편집부 신연제 이윤아 김호성 김은경

펴낸곳 (주)조은세상 | 출판등록 제2002-23호
주소 경기도 연천군 미산면 청정로 1355
TEL 편집부 02)587-2966 | FAX 02)587-2922
e-mail bukdu@comics21c.co.kr

ⓒ서 야 2014
ISBN 979-11-5512-968-5 | ISBN 979-11-5512-822-0(set) | 값 8,000원

※잘못 만들어진 책은 바꿔 드립니다.
※저자와의 협의에 의해 인지는 생략합니다.

6

귀환
마이스터

서야 현대 판타지 장편소설

NEO MODERN FANTASY STORY

북두
(주)조은세상

CONTENTS

Return
of the Meister

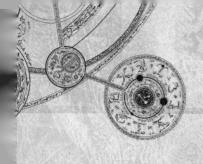

Return of the Meister

NEO MODERN FANTASY STORY

1. 이것의 시작 1

1. 이것의 시작 1

Return of the Meister

똑똑똑.

탁.

타탁.

타타탁.

'뭐지?'

진혁은 자신의 방안에서 들리는 소리에 귀를 기울였다.

톡. 톡.

똑똑똑.

타탁.

소리는 방안 사방 어디서나 났다.

참으로 기이했다.

진혁은 닥치는 대로 방안의 물건들을 찾아보았다.

심지어는 배낭 안에 만들어 놓은 아공간까지 말이었다.

그러나 그 어떤 것에도 이상한 점이 전혀 없었다.

예전에 태백산에서 우연히 주웠던 운석들중, 남겨 둔 작은 운석 역시 아공간 속에 덩그러니 놓여 있었다.

진혁은 엔키닐과 니르갈을 꺼내 보았다.

'이것들도 별일 없는데.'

진혁은 그것들을 이리 저리 뜯어보면서 머리를 흔들었다.

정말이지 기이하다.

자신의 청각이 잘못되지 않은 이상에야, 이런 소리가 어디서 들려오는 걸까.

그 어떤 물건에도, 심지어 벽을 넘어 들려오는 어떤 소리도 지금 들리는 이런 소리가 아니었다.

똑똑똑.

잘 들어보면 문을 노크하는 소리처럼 들리기도 하고.

탁탁탁.

또 다시 들어보면 뭔가 바닥을 탁탁치는 소리 같기도 하고.

톡톡톡.

다시 갸웃거리면서 들어보면 또다르게 들리기도 하고.

온 사방에서 그런 소리가.

그렇다고 크게 들리는 것도 아니다.

딱, 신경이 쓰일 정도 만큼.

그만큼의 작은 소리가 들려오고 있었다.

진혁으로서는 신경이 쓰이지 않을 수가 없었다.

진혁이 누구인가.

남들보다 뛰어난 청각, 시각, 촉각 등이 뛰어난 그였다.

그런 그가 정체을 알 수 없는 소리에 갸웃거리고 있는 것이었다.

이게 은근히 그렇다.

짜증난다.

피곤하다.

시간이 지날수록 진혁의 얼굴은 점점 구겨지기 시작했다.

삐꼼.

소희가 문틈 사이로 얼굴을 내밀었다.

"오빠, 뭐해?"

"아… 그냥."

진혁은 침대에 앉아 벽에 귀를 대고 있다가 갑작스런 소희의 등장에 뻘쭘한 표정을 지었다.

소희는 오빠의 자세가 너무 웃겼다.

"호호호, 그게 뭐야!"

"그, 그러게."

진혁은 머쓱한 표정을 지었다.

"오빠, 회사에서 사장자리에 밀려났다고 하더니. 이상해졌다."

소희가 살짝 걱정되는 표정을 지었다.

진혁이 가족들에게는 자신이 중앙그룹의 회장임을 밝히지 않았다.

아니, 오히려 대외적으로나, 가족들에게 회사의 일은 될 수 있으면 비밀로 부치기로 결심했다.

가족들이 진혁에 대해서 아는 것이 적을수록 오히려 안전할 것이라는 생각을 했기 때문이었다.

"이상해진 거 아니니깐 걱정 말아라."

진혁이 소희를 보면서 말했다.

막상 소희에게 거짓말을 하려니 미안한 마음도 들었다.

하지만 선의의 거짓말이라고 애써 자신을 위로했다.

적어도 사장 자리에서 물러난 것은 맞으니깐 말이었다.

중앙종합개발투자사가 여러 개의 자회사로 분리하면서 각 자회사에 백군상이나 박정원등이 사장으로 취임했으니깐 말이었다.

"오빠가 자주 집에 일찍 들어왔으면 좋겠어. 이제는 그럴 수 있겠지?"

"노력해볼게. 내일부터 청룡기 고교야구 열리는 거 알지? 당분간은 좀 봐줘라."

진혁이 소희의 머리를 쓰다듬으면서 말했다.

"그건 내가 특별히 용서해줄게. 대신 꼭 우승해야 돼. 4강부터 주말에 하니깐 엄마 졸라서 부산 갈 거야."

소희가 야무지게 말했다.

그녀의 표정은 이미 부산에 가 있는 듯 싶었다.

"너무 무리는 하지말고, 어머니가 식당일 바쁘신 것은 알잖니?"

진혁은 그렇게 말하면서도 소희가 분명 부산에 올거라는 확신을 했다.

집안의 막내이자 자식들 중 유일한 딸이어서 그런지 어머니도 그렇고 아버지, 심지어 자신조차 소희 말이면 무조건 들어주는 경향이 있었다.

"휴우."

진혁은 소희가 방문을 나서자 한숨을 쉬었다.

그는 내일 청룡기 고교야구 때문에 부산에 간다.

부산 사직구장에서 청룡기 고교야구가 열리기 때문이었다.

서울고 야구부가 결승전까지 오른다고 가정을 할 때 약 열흘간 정도는 부산에 머물러야 한다는 결론이 나온다.

진혁에게서 시간은 금과도 같다.

하지만 당분간 평범한 고등학생으로서 보여야 할 필요성을 느낀 진혁은 최대한 자회사의 일에 관여하지 않기로 했다.

그런만큼 다소 시간이 있는 셈이기는 했다.

마음같아서는 그런 시간에 태백산 구을단에 가서 순도 높은 마나를 몸에 비축하고 싶었다.

하지만 모든 일이 진혁이 원하는 대로 돌아가는 것은 아니었다.

'뭐가 되든 되겠지.'

진혁은 자꾸 거슬리는 소리를 무시하고 침대에 몸을 눕혔다.

경주 일도 있고 해서, 대한민국을 국토순례하듯이 돌아다니는 것도 괜찮다고 애써 위로하면서 말이었다.

"진혁아!"

아버지의 소리였다.

번쩍.

진혁은 침대에서 몸을 일으켰다.

'이럴 수가!'

진혁은 지금 자신의 눈에 보이는 것이 믿을 수가 없었다.

분명 그는 자신의 방에서 잠자리에 들었다.

그런데 그가 있는 곳은 도무지 짐작이 가지 않는, 전혀 아무것도 없는 곳이었다.

그저 끝없는 공간만이 펼쳐진 곳.

"진혁아!"

"진혁아."

또다시 아버지의 목소리가 들려왔다.

"아버지! 어디 계십니까!"

진혁 역시 목이 부르터져라 외쳤다.

예삿일이 아니었다.

자신을 부르는 아버지, 최한필 교수의 목소리는 거의 절박에 가까운 비명소리였다.

"진혁아!"

"진혁아!"

"진혁아!"

진혁은 자신을 부르는 아버지의 목소리가 들린다고 추정되는 곳을 향하여 무작정 뛰었다.

뛰고 또 뛰었다.

그러나 여전히 그는 같은 공간인지, 아니면 그 비슷한 공간인지도 알 수 없는 곳을 헤매고 있을 뿐이었다.

마치 잠자리에 들기 전 들렸던, 그 이상한 소리처럼.

도무지 정체를 알길이 없었다.

"진혁아…."

아버지 최한필 교수의 목소리는 그가 있는 온 사방에 울려 퍼지기 시작했다.

'이게… 무슨…….'

진혁은 어이없는 표정을 지었다.

분명 누군가 그를 농락하고 있다.

진혁은 자신이 농락당하고 있다는 것에 화가 치밀었다.

"누구야! 정정당당하게 모습을 드러내라."

진혁은 소리를 질렀다.

"……."

그러나 아무런 대답이 없었다.

"개새끼야! 나와, 나오라고!"

진혁은 점점 더 화가 치밀었다.

쾅쾅쾅!

그는 거칠게 바닥을 굴렀다.

"나오라고!"

"……."

하지만 진혁이 그럴수록 그가 있는 곳은 더욱 고요해질 뿐이었다.

심지어 그를 애타게 부르던 아버지의 목소리조차 들리지 않았다.

"나와! 당장 나와!"

진혁은 여전히 지지않겠다는 듯이 소리 질렀다.

하지만 그것도 잠깐.

아무런 대꾸도 없는 공간 속에서 자신이 이러는 것이 바보처럼 여겨졌다.

'허허.'

진혁은 자신도 모르게 실소를 머금지않을 수가 없었다.

도대체 이게 다 뭐란 말인가.

마치 자신이 바보같다는 생각만 들 뿐이었다.

'이곳이 어디일까?'

진혁은 더 이상 아버지의 목소리나, 자신을 이곳에 데려온 자들에 대해서 생각하지 않기로 했다.

그것에 더 집착할수록 알아내는 것은 없다.

진혁은 일단 자신이 있는 곳이 어디인지 알아내는 것이 더 중요하다고 생각했다.

"파이어 스톰."

진혁은 과감하게 마법을 시현했다.

피식.

분명 파이어 스톰 마법을 시현했건만 그의 손바닥 위에 가느다란 불길이 잠깐 연기처럼 일더니 그것마저 이내 꺼지고 말았다.

'이게?'

진혁은 어이가 없었다.

17

"레인 샤워!"

하지만 레인 샤워 마법은 진혁의 바램과 다르게 그의 머리위에서 아주 잠깐, 몇방울의 물만이 살짝 떨어지다 말았다.

'마법이 거의 안 통해?'

진혁은 고개를 갸웃거렸다.

마법이 시현되지 않는 것은 아니다.

그런데 제대로 통하지가 않는다.

이런 공간이 지구나 판테온상에 있을까.

진혁은 애써 판테온에서 배웠던, 알게 된 마법 관련 정보를 애써 끌어 모아 떠올렸다.

'흠, 이렇다면 마법진으로 갈까.'

진혁은 마법진을 그리기 위해 주변을 두리번 거렸다.

딱히 마법진을 그릴만한 것이 아무것도 없다.

당연하지만 이곳은 진혁 말고는 아무것도 없는, 그저 광활하게 펼쳐진 아무것도 없는 공간이니 말이었다.

공간만 존재하는 곳일뿐 이었다.

'할 수 없지.'

진혁은 자신의 손가락을 보았다.

이가 없으면 잇몸이라고.

진혁은 무표정으로 자신의 손가락을 입속으로 가져갔다.

그리고 강철같은 이로 자신의 손가락을 깨물었다.

주르륵.

그러자 진혁의 손가락에서 방울방울 핏줄기가 떨어지기 시작했다.

진혁은 얼른 손가락을 잡고 바닥에 마법진을 그려대기 시작했다.

출구 마법진을 말이었다.

그것만 완성되면 적어도 이곳이 어디든간에 빠져나갈 수있을테니 말이었다.

마법이 제대로 통하지 않는다고 해도 마법이 시현되는 공간이니 적어도 출구마법진은 제 역할을 하리라 기대를 걸고 말이었다.

뚝.

그렇지만 진혁의 바램과는 달리 피가 멈추었다.

휘이 휘이익.

샤르륵.

진혁의 손가락을 타고 내리던 피가 멈춘 것은 신기한 일이 아니었다.

하지만 손가락을 타고 내리던 피의 흔적마저 깨끗하게 사라진 것은 분명 신기한 일이었다.

더불어 바닥에 그린 채 완성되지 못한 마법진마저 말이었다.

깨끗하게 사라졌다.

'이게 무슨.'

진혁은 어이가 없었다.

도대체 이게 다 무슨 상황이란 말인가.

탁.

진혁은 바닥에 주저 앉았다.

아무래도 도리가 없었다.

이제는 기다리는 수밖에 말이었다.

그때였다.

휘이이잉.

한줄기의 바람.

휘이익. 휘이익.

휘리리리리이이익.

한줄기의 바람은 두줄기가 되고, 두줄기의 바람은 세줄기가 되고….

그렇게 바람은 서로 합쳐져 강한 돌풍이 되었다.

휘리리리리휙이이익.

'이건 또.'

진혁은 눈을 찡그렸다.

어이가 없어서가 아니라 바람 때문에 제대로 눈을 뜨기가 힘들었다.

강한 돌풍이 된 바람은 점점 휘몰아치면서 무언가를 그

리는 듯 싶었다.

'나선형?'

진혁은 공간 한복판에서 만들어내는 나선형 돌풍에 넋을 놓고 쳐다 보았다.

휘리리익.

휘이이이익.

나선형 돌풍은 순간 공간을 빨아들이기 시작했다.

"어어어어!"

진혁 역시 예외는 아니었다.

그는 자신도 모르게 소리를 질렀다.

예상밖의 전개였다.

휘이이이익.

휘리리릭.

진혁의 몸은 그대로 나선형 돌풍 속으로 들어갔다.

하지만 진혁의 의식은 또렷했다.

아니 점점 더 머리가 맑아지는 기분이었다.

진혁은 나선형 돌풍 안의 공간이 의외로 아늑하다는 점에 놀랬다.

'이게 다 뭐지?'

진혁은 주변을 두리번거렸다.

좀전과 분명 다른 공간인 듯 하지만 분명 나선형 돌풍 안이었다.

왜냐면 그를 에워싼 모든 게 나선형 방향으로 돌고 있었다.

그럼에도 진혁은 모든 것을 볼 수가 있었다.

나선형 방향으로 돌아가는 모든 세상.

지구.

판테온.

그가 보던 과거의 모든 풍경들이 나선형 돌풍 속에 담겨져 빠른 속도로 돌아가고 있었다.

'도대체.'

진혁도 예상 못한 일이었다.

나선형 돌풍안의 아래쪽에서 판테온의 풍경이 펼쳐졌다.

위쪽으로는 지구의 풍경이 역시 마찬가지로 펼쳐지고 있었다.

진혁이 그 두 세계 사이에 서있는 셈이었다.

순간 진혁은 자신이 아버지 최한필 교수로 바뀌고 있다는 것을 깨달았다.

아니, 진혁이면서 그 순간만큼은 최한필 교수였다.

'이 기분은 또 뭐지?'

진혁은 이 낯선 이질감과 함께 묘한 동질감이 동시에 느껴지는 기분에 어리둥절했다.

순간 그의 뇌리에 한줄기 생각이 떠올랐다.

'혹시 아버지께서 판테온의 존재를 아시는 걸까?'

진혁이 막 그런 의문이 생겼을 때.

사르르르륵.

뭔가 진혁의 가슴에서 분리가 일어나고 있었다.

동시에 진혁은 진혁으로 다시 돌아왔다.

좀전까지 자신이 아버지 최한필 교수 같다는 기분이 완전히 사라졌다.

'뭐지?'

진혁의 동공은 점점 커져갔다.

하지만 그는 꼼짝도 할 수 없었다.

휘리리리릭.

휘이이익.

나선형 돌풍이 순간 거세게 몰아치다 못해, 진혁을 완전히 삼켰기 때문이었다.

❖

딩동.

"택배왔습니다."

"잠시만요."

현관문 밖의 택배기사 소리에 소희가 쪼르르 나갔다.

쿵.

문이 열리자 마자 택배기사는 어깨에 짊어진 사과박스를 부리나케 현관문 앞에 내려다 놓았다.

　"잠시만요."

　소희는 막 현관문을 나서려는 택배기사를 불러 세웠다.

　그리고는 주방으로 잠시 쪼르르 가더니 이내 되돌아왔다.

　"이거 마시면서 하세요."

　소희의 손에 초코우유가 들려 있었다.

　"고맙구나."

　택배기사는 이마에 흐르는 땀을 손으로 닦아내면서 말했다.

　좀 전까지 무표정이던 그의 얼굴에 한줄기 미소가 떠올랐다.

　"아저씨는 웃는 모습이 멋있네요."

　소희가 그런 택배기사의 얼굴을 들여다보면서 말했다.

　"꼬마아가씨는 하늘에서 내려온 천사고."

　"제가 천사처럼 보여요?"

　소희가 환하게 웃었다.

　"내겐 그래 보이는 구나."

　택배기사는 소희의 친절에 기분이 좋았는지 연신 웃어주었다.

　"안녕히 가세요!"

소희가 택배기사에게 힘차게 인사를 건넸다.

"그래, 천사님도 공부 열심히 하고."

그는 소희에게 가볍게 인사를 건네고 초코우유를 받아 쥐고는 나왔다.

하루 종일 택배를 날라도 오늘처럼 기분 좋은 일은 드물었다.

거의 대부분 사람들이 종이 물건을 가져다주는 것을 지켜보는 표정을 지으면서 자신들을 보곤 하니깐 말이었다.

택배기사, 정호영은 소희네 집을 나서면서 하늘을 한번 쳐다보았다.

아직 5월이건만 뙤약볕처럼 뜨겁던 태양도 어느새 먹구름에 가리워져 있었다.

'비가 오려나.'

그는 오늘 아침 일기예보를 떠올리면서 고개를 갸웃거렸다.

당분간 비 소식이 없었기 때문이었다.

오히려 심각한 가뭄이 될지도 모른다는 소식이 종종 들려왔다.

'역시 일기예보는 엉터리군.'

그는 문득 발밑에 무언가 반짝이는 것을 보았다.

'이게 뭐지?'

정호영은 그것을 주워 들었다.

돌이었다.

하지만 단순한 돌이 아니었다.

산호빛처럼 투명하고 맑은 빛들이 돌표면에 반짝이고 있었다.

크기는 보통 길가에 흔히 구를만한 돌멩이 정도였다.

'해도 없는데 이렇게 반짝이나?'

정호영은 돌을 요리 저리 뜯어 보았다.

아무리 봐도 신기한 돌멩이였다.

전체적으로 검무스름했지만 간간이 보이는 투명한 빛이 너무도 신비롭게 그의 마음을 당겼다.

정호영은 그것을 바지주머니 속에 아무렇게나 쑤셔 넣었다.

지금은 한낱 돌멩이에 감탄만 하고 있을 시간이 없었다.

아직 배달해야 할 택배상자가 그의 트럭에 가득 차 있기 때문이었다.

그는 허겁지겁 소희네 집 앞에 세워 두었던 택배트럭의 운전석에 올라탔다.

❖

"거참, 희안하군."

종로경찰서 형사 1과 소속의 임종수 형사는 고개를 갸

웃거리면서 눈앞을 주시했다.

"그러게 말입니다. 이곳은 cctv가 쫘악 깔렸던데."

역시 같은 형사 1과 소속인 이상훈 형사가 맞장구를 치면서 수첩을 거듭 확인했다.

두 사람은 2시간 전 도둑이 들었다고 이곳 금은방의 신고를 받고 출동했다.

그런데 문제는 금은방이 있는 곳의 건물이었다.

이 건물은 최근 종각에 세워진 최신식으로 지어진 곳이었다.

건물의 입구부터 시작해서 꼭대기층인 15층까지 cctv가 설치되지 않은 곳이 없었다.

심지어 비상계단쪽까지 전부 cctv가 설치되어 있었다.

아무리 도둑이 들었다고 해도 들어오고 나간 흔적이 있어야할 터였다.

게다가 5, 6층의 경우 전부 금은방이 들어선 까닭에 다른 층보다 보안이 더 엄격하게 돌아갔다.

"직원 말로는 아침 9시에 출근해보니 이렇게 되어 있었다는데……."

임종수는 금은방 가게안에 숨겨져 있던 비밀금고 문이 열려진 채 텅비어있는 것을 보면서 이상훈에게 말했다.

"정말 이상하네. 일단 cctv를 전부 확인해봐야겠네. 내부 소행이 아닌 이상 어딘가에는 찍혔겠지."

이상훈은 그렇게 대꾸하면서도 얼굴이 어두워져 갔다.

벌써부터 기자가 나타났기 때문이었다.

"제길, 당직 기자가 따라붙었군."

임종수도 입구 쪽을 흘끔 쳐다보고는 중얼거렸다.

신문기자를 두고 하는 말이었다.

경찰서마다 상주하다시피 하는 기자들이 있었다.

심지어 그들은 밤샘 교대근무를 하면서 당직까지 경찰서에서 서곤 했다.

아침부터 경찰들이 긴급하게 출동했으니 이들 기작들이 눈치 못 챌 리가 없었다.

'곧 카메라도 따라오겠군.'

이상훈도 얼굴을 찡그렸다.

기자들이 나타난 자리에는 방송국 카메라가 뒤따라오곤 하기 때문이었다.

최근 오픈한 종로 입구에 위치한 이 건물의 도난 사건은 아무래도 호사가들의 입방아에 오르기 딱 좋았다.

"휴우."

두 형사는 서로를 쳐다보고는 한숨을 쉬었다.

이목을 받을수록 위에서 형사들에게 쪼아댈 것을 생각하며 자동으로 한숨이 나오지 않을 수가 없었다.

분명 경찰서로 돌아가면 경찰서장의 호출이 뒤따를 게 뻔했다.

"아이고, 다 망했네. 망했어!"

딱봐도 100kg은 나갈 것 같은 거구의 중년 사내가 호들 갑을 떨면서 입구의 기자들 사이를 헤치고 들어섰다.

금은방 사장인 듯 싶었다.

아마도 직원의 연락을 받고 나타난 듯 했다.

'주인치고 늦게 나타나는 군.'

임종수는 금은방 사장을 위아래로 쳐다보면서 생각했 다.

하지만 이내 그 이유를 알 수가 있었다.

"아이고, 생전처음 비행기 타려고 했더니만. 망했네, 다 망했어!"

금은방 주인은 가게에 들어서자마자 한탄을 쏟아내면서 바닥에 주저앉았다.

"형사나으니, 세상에 하늘도 무심하시지. 저같이 열심 히 살아온 사람이 이제 좀 팔자가 피나 했더니. 이렇게 도 둑이 들다니. 아이고. 아이고!"

그는 좀처럼 입을 다물줄 못하고 연신 큰소리로 떠들어 댔다.

그바람에 그의 가게뿐 아니라 상가 주변에 있던 사람들 까지 금은방 가게에 기웃거리기 시작했다.

아무래도 경찰들이 나서서 들여다 보지 못하게 할때와 는 완전 딴판이었다.

금은방 가게에서 큰 소리가 나게 되니깐 사람들은 가뜩이나 궁금하던 차인지라 대놓고 가게 앞으로 몰려들었다.

금은방 가게는 주인이라는 작자가 나타난 직후, 구름처럼 많은 사람들이 몰리기 시작했다.

평일이러서 그나마 다행이라고 여겨야 할 판이었다.

임종수와 이상훈은 그를 무심한 얼굴로 내려다 보았다. 이런 도난 사건을 맡다 보면 종종 이렇게 한탄하는 사람들을 보기 때문이었다.

"보험은 드셨습니까?"

임종수가 금은방 주인에게 물었다.

"들긴 들었을 텐데……."

금은방 주인이라는 사내는 말끝을 흐렸다.

"일단 매니저라는 분이 작성한 분실목록을 보시면서 없어진 보석들이 무엇인지 다시 확인해보십시오."

이상훈은 그에게 보석분실목록이 담긴 리스트를 내밀면서 말했다.

일단 이런 사람에게는 일거리를 주어야 한다.

그래야 그 입을 멈추게 할 수가 있었다.

"휴우."

이상훈은 금은방 주인이 목록을 들여다보느라 입을 다물자 한숨을 쉬었다.

"cctv는 전부 확보했어."

임종수가 옆에서 말을 걸어 왔다.

"잘했어. 거기서 뭐가 나오는지 좀 봐야겠네."

이상훈은 인상을 찌푸리면서 말했다.

일단 현장에서 2시간 여 동안 조사해봤지만 아무런 소득도 없었기 때문이었다.

"거참 희한하지?"

임종수가 고개를 갸우뚱거리면서 말했다.

도난당한 금은방이 있는 층은 꽤 많은 금은방 가게가 입점해 있었다.

도둑이 왜 이곳을 노렸는지도 알 수가 없었다.

"무작위였을까?"

"글쎄, 진열된 보석들만 가져간 것으로 보면 그럴 수도 있지."

이상훈이 대답했다.

"하지만 경보장치가 울리지 않은 것은 설명할 방법이 없는데."

임종수가 더욱 인상을 찡그리면서 말했다.

"경보담당 회사는 난리가 났겠군."

이상훈이 한마디 거들었다.

"어떻게 경보장치를 건드리지 않을 수가 있지?"

임종수가 고개를 갸우뚱 했다.

정말이지 신기한 일이었다.

보석 상가들이 이 건물에 5, 6층 입주한 만큼 보안이 꽤 높기 때문이었다.

일단 사람들이 출근 전에 저지른 일이라면 이곳 도난당한 금은방 가게는 물론이고 건물보안부터 통과해야 하기 때문이었다.

두 사람은 서로의 얼굴을 마주 보았다.

아무래도 이 사건이 어려워질 것이라는 예감이 들었기 때문이었다.

❖

두 형사의 불길한 예감은 바로 몇 시간 후 현실로 맞닥뜨려졌다.

종로경찰서의 사이버수사팀에서 연락이 왔기 때문이었다.

"cctv에서 아무것도 발견 못했다고?"

임종수는 경악한 듯한 얼굴로 이상훈을 한번 쳐다보고 눈앞에 서있는 사이버수사팀의 정윤혜를 쳐다보았다.

"발견 못한 정도가 아닙니다."

정윤혜의 눈은 기이할 만큼 빛나 있었다.

"제가 두 분을 여기로 오시라고 한 것은 다름이 아닙니다."

정윤혜는 문제의 cctv 장면을 틀었다.

진열되어 있는 보석이 사라지는 순간이었다.

임종수와 이상훈은 정윤혜가 틀어준 cctv 장면을 보고 입을 딱 벌렸다.

"저게…저게……말이 되?"

"……."

두 사람은 서로의 얼굴을 쳐다보았다.

"cctv를 조작한 게 아니라면 말이 안 되겠죠."

정윤혜가 대답했다.

"조작 가능성은?"

"좀 더 자세히 cctv를 살펴봐야겠지만 현재로서는 조작되었을 가능성을 배제할 수는 없습니다만……."

정윤혜가 고개를 저었다.

전문가의 입장에서 cctv는 조작되었을 가능성이 없었다. 누군가 손 댄 흔적이 전혀 없다.

그렇지만 이것은 조작되었다고 해야 말이 될 상황이었다.

그렇기 때문에 섣불리 명확하게 대답할 수가 없었다.

그녀는 애매모호하게 대답을 했다.

"어, 어떻게 보석이 저절로 사라지지?"

"자세히 보십시오."

정윤혜가 cctv 화면을 가리켰다.

두 사람은 다시 한 번 정윤혜가 틀어준 화면을 자세히 관찰했다.

"아."

이상훈과 임종수가 동시에 고개를 끄덕였다.

"투명인간이 존재하는 것만 같군."

임종수가 말문을 열었다.

"이 경우 그렇게밖에 설명이 되지 않습니다."

정윤혜가 맞장구를 쳤다.

그들이 보고 있는 cctv 화면상, 투명인간이 마치 투명자루에 보석들을 집어넣는 것처럼 보였기 때문이었다.

마치 사람이 보석을 하나씩 조심스럽게 들어 집어넣는 것처럼 보였기 때문이었다.

"저길 보십시오."

정윤혜가 cctv 화면을 크게 확대했다.

진열되어있던 귀걸이가 막 허공에 집어 들리는 장면이었다.

"저길 보면 딱 사람의 손가락이 건드리는 곳만이 투명하게 보입니다."

이상훈과 임종수는 정윤혜의 설명에 고개를 끄덕였다.

"정말이지 미치겠군."

이상훈이 한마디 했다.

"이거 과학연구소에 자문해야 하나? 투명인간이 존재

하냐고."

임종수가 농담처럼 한마디 건넸었다.

지금 그들이 보고 있는 장면이 도저히 믿기지가 않기 때문이었다.

"cctv를 이렇게 조작할 수가 있나?"

이상훈이 정윤혜를 쳐다보면서 물었다.

"사실 불가능하지 않을까요? 저 보석들을 일일이 집어 들어 만진 부분만 투명하게 처리한다는 것이…."

정윤혜는 말끝을 흐렸다.

"그렇지."

이상훈이 고개를 끄덕였다.

그가 생각해도 어이없는 일이었다.

사전에 누가 보석을 일일이 자루에 집어넣고, 그 장면을 cctv로 섬세하게 사람의 흔적으로 지워내는 것이 아니라면 말이었다.

그런데 그렇게까지 하려면 금은방 주인이 관련되어야 했다.

다른 누구도 아닌 그의 보석들로 저렇게 연출했으니깐 말이었다.

하지만 그게 가당키라도 한 일일까?

"저 보석들 전부 제가 다 확인해봤습니다."

정윤혜가 말했다.

"전부?"

"네, 보석들이 들어 올려 져서 자루라고 추정되는 물건에 들어가기 직전까지 전부다 정확하게 일치하고 있습니다."

"보통 이런 작업을 인위적으로 하자면 실수가 있지 않습니까?"

임종수가 정윤혜에게 물었다.

"사실상 거의 불가능하긴 합니다. 그래도 일단 과학수사연구소의 도움이 필요할 것 같습니다."

정윤혜가 말했다.

"금은방 주인도 다시 심문하고."

이상훈이 덧붙였다.

"주인의 협조가 아닌 다음에야 어떻게 저렇게 보석들을 들어 올려서 찍은 다음 cctv를 지워낼 수가 있겠어."

"그렇긴 한데. 주인이 미치지 않고서야 저런 일에 협조했을 리가 없지 않을까?"

임종수가 말했다.

"직원이 관련돼 있을 수도 있지."

이상훈이 고개를 끄덕이면서 cctv화면을 다시 한 번 쳐다보았다.

"글쎄."

임종수가 고개를 갸웃거리면서 정윤혜를 쳐다보았다.

정윤혜는 임종수의 시선을 느끼고는 고개를 가로 저었다.

저런 장면을 cctv로 인위적으로 찍기는 어렵다는 뜻이었다.

더구나 cctv가 현재 조작되었다는 정황이 전혀 없었다. 그러니 저런 장면을 찍고 섬세하게 조작하려면 상당한 시간과 전문기술력이 필요했다.

"투명인간이 있지 않은 다음에야, 분명 무슨 수가 있었겠지."

이상훈이 중얼거렸다.

현대 과학으로는 아직까지 투명인간의 존재가 불가능하다.

그러니 분명 보석도둑은 어떤 수를 썼을 것이라고 생각했다.

다만, 그 방법을 이상훈, 자신이 모를 뿐이라고 말이었다.

"일단 이 cctv를 과학수사 연구소 팀에게 다시 한 번 넘기고, 우리는 직원과 사장을 불러서 다시 심문해야겠네."

이상훈이 결심한 듯이 말했다.

"그래야겠죠."

정윤혜가 대답하면서도 뭔가 찝찝한 표정을 지었다.

하지만 자신이 틀리지 않았다는 것을 증명하려면 다시

한 번 cctv를 확인해 볼 도리가 없었다.

투명인간이라는 것이 과연 이 세상에 존재할까?

게다가 사람뿐 아니라 그가 가지고 있는 가방이나 혹은 자루같은 것 역시 투명한 것이었다.

그런 물건이 존재할까?

정윤혜는 종로금은방 도난 사건에 엄청난 호기심이 생겼다. 그녀의 사고방식을 확 바꾸는 계기가 될 지도 모르니깐 말이었다.

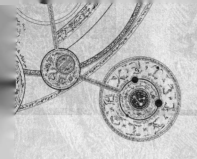

Return of the Meister

NEO MODERN FANTASY STORY

2. 과거의 망령

2. 과거의 망령

Return of the Meister

휘이이익.

휘익.

휘이이이이잉. 휘이잉.

가느다란 한줄기 바람은 점점 거센 돌풍처럼 변하기 시작했다.

진혁은 자신의 정신뿐 아니라 육체까지 산산조각이 나는 것처럼 여겨졌다.

한 번도 겪지 못한 일이었다.

'꿈이 아니다.'

진혁은 정신없이 거센 돌풍에 자신의 모든 것이 떠돌고 있는 와중에도 생각을 멈출 수가 없었다.

생각.

과거, 현재, 미래.

귀환전 지구에 살던 최진혁이란 자의 생각.

판테온에서 살았던 대마법사로서의 생각.

그리고 다시 돌아간 지구에서 겪고 지냈던 일등의 생각.

온갖 생각들이 그의 머릿속을 떠돌아다니는 것처럼 느껴졌다.

아니 돌풍에 그의 생각들이 여기 저기 산산 조각나서 떠돌고 있는 것처럼 여겨졌다.

모든 것이 순간이자 영원이었다.

일시적 정지이며 연속성이었다.

진혁은 그것들을 생각과 동시에 그저 보았다.

어떻게 그럴 수 있는지 모르겠다.

마치 자신이면서 자신이 아닌 것처럼 여겨졌다.

1인칭이자,

2인칭이며.

동시에 3인칭인 자신을 느꼈다.

그렇게 진혁은 돌풍 속에서 모든 생각이 산산조각 나서 돌아다녔다.

그것이 곧 자신의 몸이며 마음이며 마나이며 의식이었다.

그렇게 한참을 떠돈 듯 싶었다.

획!

무언가에 그의 몸이 내던져졌다.

아니 그렇게 느껴졌다.

파파파파팟!

그다음은 강렬한 빛이 그의 뇌리에 스며들어왔다.

눈이 부셨다.

진혁이 눈이 부시다는 생각을 하는 동시에 흩어졌던 그의 생각들, 몸, 마음, 마나 등이 전부 하나로 뭉치기 시작했다.

그것들은 하나로 뭉쳐져 한 인영을 만들어 내었다.

인간 최진혁을 말이었다.

진혁은 자신의 의식이 되돌아오고 있음을 깨달았다.

"후와."

그는 제일 먼저 깊은 숨을 내쉬고 들이마셨다.

그러자 익숙한 기운이 그의 코로 들어왔다.

'설마?'

진혁은 순간 깜짝 놀랐다.

그는 자신도 모르게 몸을 움찔했다.

생각이 되어 돌풍 속을 얼마나 오래 떠돌았는지 모르겠다. 그런데 지금은 그의 몸과 마음, 생각이라는 게 형성되어 최진혁이란 존재로 돌아왔다.

그리고 돌아온 이곳은.

'여기가……'

진혁은 순간 감은 눈을 뜨기가 겁이 났다.

"이보세요!"

그런 진혁을 향해서 익숙하고 그리운, 얼마나 그리운지 모를 목소리가 들려왔다.

이건 있을 수가 없는 일이었다.

이곳을 되돌아온 것도 모자라서 말이었다.

진혁은 자신도 모르게 눈을 번쩍 떴다.

그리고는 그는 입을 딱 벌렸다.

자신의 눈앞에 펼쳐진 광경을 믿을 수가 없었다.

"계속 여기 누워 있을 거예요?"

자신만만하고 도전적인 목소리.

사랑스럽고 열정적인 목소리.

이 세상에 단 하나밖에 없는 목소리.

진혁은 자신도 모르게 눈을 도로 감았다.

에일레나 칸 스와트 여제.

"그만 가시죠. 저런 자들과 잘못 말을 섞으면 큰일날 수도 있습니다."

그녀의 호위기사인 애버트경이 에일레나에게 속삭이는 소리가 선명하게 진혁의 귀에 들려 왔다.

모든 것이 똑같았다.

그때처럼 말이었다.

'이게 도대체 어떻게 된 상황이지?'

진혁은 머릿속이 복잡했다.

분명 자신은 지구로 귀환했다.

그곳에서 여러 가지 일들이 있었다.

진혁의 머릿속으로 귀환 후 지구에 있었던 일들이 스쳐 지나갔다.

하지만 이건 말이 안된다.

아직 그곳에서 풀지 못한 미스테리한 사건들이 있다.

그런데 중요한 그 상황에서 지금 이곳으로 되돌아 온 건지.

그것도 과거로 말이었다.

물론 이 과거는 그가 가장 행복한 한때였다.

그럼에도 불구하고 진혁으로서는 이 상황을 받아들이기가 어려웠다.

진혁은 자신의 품속에 있는 니르갈과 엔키닐을 확인해보았다.

니르갈이 있다.

그것만이 달랐다.

그때라면 니르갈이 없어야 했다.

그때는 아직 7서클이 되지 못했다.

7서클이 되기 위해서 가장 극렬하게 방랑하던 때였기 때문이었다.

니르갈은 7서클 이후에 발견했기 때문이었다.

어쨌건 니르갈이 존재한다는 것만으로도 진혁은 자신이 과거로 돌아왔다는 것을 인정할 수 밖에 없었다.

그나마 다행이라고 여겨졌다.

니르갈이 없다면 그 자신이 지금 한바탕의 꿈을 꾸었을 거라고 착각할 수도 있기 때문이었다.

9서클이 된 이후 겪었던, 시간의 혼란 때문이었다.

이것은 도저히 설명이 가능하지 않았다.

자신이면서도 존재하지 않는 것처럼 때때로 여겨졌다.

꿈을 꾸는데 그 꿈이 현실처럼 여겨지기도 하고, 현실이 꿈처럼 여겨지기도 했다.

그 바람에 한동안은 자신을 잃지 않기 위해서 부던히 노력해야 했다.

어느 순간에 자신을 잃고 안 잃고는 의미가 없음을 깨달았다.

진혁은 10서클의 문턱에서 주저했다.

아니, 항간에 알려진 것과는 다르게 그는 10서클이 되기를 포기했다.

그 자신을 잃는다는 것이 참을 수가 없었기 때문이었다.

사실 잃는다는 개념 자체가 현실에서 설명할 수 없는 개념이었다.

잃지 않는 것과도 같았다.

굳이 설명하자면 말이었다.

하지만 지구가 그의 가슴에 있는 한 진혁은 도저히 그 자신을 포기할 수가 없었다.

그렇게 그는 9서클의 대마법사로 머물다가 지구로 귀환한 셈이었다.

'혹시, 그 꿈일까?'

진혁은 지금 자신이 꿈을 꾸는 게 아닐까 의심했다.

그 자신이 지금 판테온의 시장 한바닥에 누워있다는 것조차 말이었다.

그리고 자신의 앞에 서서, 커다란 눈으로 호기심 가득이 내보이는 에일레나의 모습조차 말이었다.

10서클 문턱에 들어섰을 때 겪었던 그 꿈.

자신이면서 자신이 아닌.

그럼으로서 자신이었던 그 모든 꿈들 중 한 조각이 지금이 아닐까 하는 의심을 했다.

'제길. 그동안 지구에서 있었던 일이 아무것도 아니라고? 그저 꿈이라고?'

진혁은 자신도 모르게 속으로 중얼거렸다.

지구에서 아버지를 구출한 일.

흑마법사 집단인 카르카스를 발견한 일등.

그 모든 것들이 한바탕 꿈이 되어버린다면 너무도 허무하기 때문이었다.

'아니지. 니르갈이 있으니 꿈이 아닐 거야.'

진혁은 자신도 모르게 몸을 부르르 떨었다.

"이사람 아무리 봐도 이상해."

에일레나 칸 스와트 여제의 목소리가 재차 들려왔다.

"그냥 가시죠."

애버트 경의 목소리가 연달아 들려왔다.

"그냥 갈 수가 없어."

에일레나는 축제가 한창인 시장 한구석에 누워있다 시피 주저앉아있는 진혁의 몸을 흔들었다.

"이봐요, 이봐요."

"……"

진혁은 에일레나의 손이 자신의 몸을 잡고 있는 감촉을 느꼈다.

얼마나 그립던가.

얼마나 바랬던가.

다시 한 번 그녀의 손을 잡을 수만 있다면 하고 말이었다.

하지만 지금은 이 모든 게 그저 환영의 일부분이기만을 바랬다.

그래야 말이 되었다.

하지만 자신의 몸을 꽉 쥔 에일레나의 손에 힘이 가해질 수록 현실을 깨닫기 시작했다.

'꿈이 아니란 말인가?'

진혁은 속으로 중얼거렸다.

니르갈이 존재한다는 것으로도 이미 꿈이 아니란 것은 알고 있었다.

하지만 그는 계속해서 여러 각도로 이 상황을 생각해보고 생각해봤다.

도저히 말이 안 되었기 때문이었다.

아니 어쩌면 이 상황을 받아들일 수가 없었기 때문인지도 모르겠다.

"이 사람, 이미 깨어 있는 게 분명해."

에일레나는 진혁의 몸을 흔들었다.

'제발, 그냥 가. 가라고.'

진혁은 자신도 모르게 절규에 가까운 애원을 했다.

하지만 그가 아는 에일레나는 포기란 없는 여자였다. 한 번 마음먹으면 반드시 해내고 말았으니깐 말이었다.

그리고 처음만난 그때처럼 말이었다.

당시 7서클이 쉽게 이루어지지 않아, 판테온 전역을 방랑했던 그였다.

방랑을 거듭할수록 모든 것이 허무에 가까웠다.

7서클을 이루어낼 수 없다면 결국 그는 지구로 다시 돌아가는 길을 찾지 못할 것을 알았기 때문이었다.

아무도 모르는.

그 어떤 정도 없는 낯선 판테온의 세계에 자신이 영원히

고립되는 것이 미칠 것만 같았다.

그 허무가 짙어질수록 그의 마음은 깊이 어두워지고 있었다.

그때 그에게 빛이 되어준 여자.

에일레나 칸 스와트 여제.

그녀는 축제가 벌어지고 있는 이곳에서 진혁을 구해냈다.

아무렇게나 몸을 대충 던져놓고 잠을 청하던 그를 빛의 세계로 끌어낸 여자였다.

판테온도 살만하다는 것을.

아니 판테온도 지구와 마찬가지로 사람이 살아가는 이유가 있다는 것을 보여준 것이 그녀였다.

그렇기 때문에 진혁은 지금 이 순간 더욱 눈을 뜨고 싶지 않았다.

이 현실을 인정하고 싶지 않았다.

지구에서 16살의 나이로 귀환한 것을 인정했을 때와는 전혀 다른 반응이었다.

판테온도 얼마든지 과거로 귀환할 수가 있었다.

지구에서 그랬으니깐 말이었다.

다만 다른 점은 진혁 자신이 아무런 노력도 하지 않았다는 것이었다.

지구로 귀환했을 때는 100년을 기다리는 각고의 노력이 있었다.

하지만 지금 판테온의 귀환은 인정하고 싶지도, 그리고 그 이유도 알 수가 없었다.

집에서 자고 있는데, 어느 순간 돌풍이 일고 판테온으로 강제 소환된 것이었다.

그것도 과거로 말이었다.

진혁은 그것을 인정하기 보다는 차라리 10서클의 문턱에서 겪었던 꿈을 떠올리고 그 탓으로 돌리고 싶었다.

하지만 지금 모든 것은 점점 명백해지고 있었다.

판테온으로 되돌아왔다.

그것도 과거로 말이었다.

에일레나 칸 스와트 여제가 서른 됐을 때.

자신이 이제 막 마흔이 접어들었던 그때의 나이로 말이었다.

"그만 흔드시지."

진혁은 자신도 모르게 낮게 중얼거렸다.

"와!"

진혁의 말에 에일레나는 환호성을 질렀다.

"봤지? 이 사람 안자고 있었어."

그녀는 진혁의 말은 아랑곳 없이 호위기사인 애버트경을 향해서 자랑스럽게 말했다.

"휴. 그, 그렇네요."

애버트경은 그렇게 말하면서 한숨을 내쉬었다.

지금 그들은 신분을 감추고 국경을 넘고 있었다.

그 와중에 축제가 한창인 이 마을을 지나치지 못하고 구경하던 중이었다.

물론 에일레나의 제안이었다.

여왕인 그녀의 말을 일개 수호기사인 애버트경이 무시하기에는 너무도 어려웠다.

그게 사단이 난 셈이었다.

하필, 이런 작은 마을의 축제.

그것도 구석진 곳에 아무렇게나 누워 있다시피 한 자에게 관심을 가질 줄이야.

게다가 눈앞의 이 사내는 여제를 몹시 귀찮아하는 것처럼 보였다.

전형적인 떠돌이였다.

아니면 용병이던가.

애버트경의 생각이 맞다고 증명이라도 하듯이 떠돌이 사내의 손은 굳은살이 박혀 있었다.

그는 그것만으로 떠돌이 사내가 용병이라고 확신을 했다.

그래서 그런지 여차하면 언제든지 떠돌이 사내를 벨 수 있도록 자신의 허리춤에 있는 장검에 손을 갖다 대고 있었다.

그런 일이 없겠지만, 혹시나 여제를 노리는 암살범일 가능성도 생각했다.

번쩍.

진혁은 결국 눈을 떴다.

동시에 자신의 얼굴을 바라보던 에메랄드빛 눈동자와 마주쳤다.

그때처럼 말이었다.

너무도 아름답다.

붉은 머리카락은 구불구불거리면서 어깨 위를 넘실거리고 있었다.

새하얀 얼굴에 에메랄드빛 눈동자는 진혁을 향한 호기심이 가득했다.

오똑솟은 콧날은 너무 크지도 작지도 않게 적당하게 예뻤다.

앙증맞은 갸름한 듯 하면서도 작은 입술은 붉은 빛이 진하게 감돌았다.

이제 서른에 접어든 에일레나였지만 얼굴만으로는 아직 20대 초반으로 보이기에 충분했다.

게다가 늘씬한 몸매는 평범한 드레스로 감추었어도 여전히 아름다웠다.

비록 아름다운 붉은 머리위에 두건을 씌웠지만 그녀의 미모를 감추기에는 역부족이었다.

이미 그녀가 작은 마을의 축제에 나타났을 때부터 마을 사람들이나 방문객들의 호기심 어린 시선을 한 몸에 받고 있었다.

그런 만큼 애버트경은 호위에 각별하게 신경을 써야 했다.

물론 그녀의 호위가 애버트경만은 아니었다.

모습을 드러내지 않고 은밀하게 에일레나 칸 스와트 여제를 호위하는 자들도 있었다.

하지만 무슨 일이 난다면 1차적 책임은 모두 애버트경이 책임질 수밖에 없었다.

그런 만큼 애버트경은 떠돌이 사내를 심하게 경계할 수밖에 없었다.

애버트경은 에일레나의 미모에 넋을 놓고 쳐다보고 있는 떠돌이 사내가 못마땅했다.

"고개를 숙여라."

그는 차갑고 낮은 목소리로 떠돌이 사내에게 말했다.

"날 깨운 건 이 여자인데?"

진혁은 무심한 듯한 목소리로 한마디 했다.

'제길. 그때와 똑같네.'

그러면서도 그는 과거를 떠올렸다.

모든 게 명백해졌다.

아니 인정해야 했다.

그는 판테온에, 그것도 과거로 되돌아 온 것이었다.

자신이 내뱉는 말 한마디 한마디가 그때와 너무도 똑같았다.

절대 인정하고 싶지 않은 일이었다.

진혁은 그렇게 말하면서 인상을 찡그렸다.

애버트경은 떠돌이 사내를 노려보았다.

그의 말이 맞기 때문이었다.

자고 있는 떠돌이 사내를 깨운 것은 에일레나 칸 스와트 여제였다.

"이 사내 말이 맞긴 해."

에일레나는 쿨하게 인정했다.

그리고는 진혁을 바라보았다.

"다들 축제를 즐기느라 한창인데, 한낮에 이 구석에서 왜 이러고 있는 거죠?"

에일레나는 진혁에게 물었다.

그녀의 눈빛은 호기심이 가득했다.

"내 맘이지."

진혁은 어깨를 으쓱했다.

어떻게서든지 그녀를 내쫓아야겠다고 결심했기 때문이었다.

과거처럼 되돌아가기는 정말 싫었다.

아니 그때처럼 다시 한 번 그 일을 겪고 싶지 않았다.

그녀를 사랑하는 일.

그리고 그녀를 잃는 일.

혹시나 자신이 그녀의 곁에 없었다면 에일레나는 오래 살 수 있었을까?

항상 진혁이 갖던 의문이었다.

대륙의 모든 사람들에게 사랑을 받았던 그녀가 암살자에 의해서 죽음을 맞이했던 일은 이해가 가지 않았다. 이 모든 것이 진혁의 탓처럼 여겨졌다.

판테온에서 살았던 나머지 생애 동안, 그 진혁이 갖던 의문이었다.

그 의문을 다시 시작할 수는 없었다.

진혁은 어떻게서든지 에일레나의 관심에서 멀어지기로 결심했다.

지금은 절대로 그녀를 사랑해서는 안 된다고 자신을 거듭거듭 다짐시켰다.

너무도 사랑스러운 저 에메랄듯빛 눈동자에 넘어가서는 안 된다고 말이었다.

"남이사."

진혁은 그렇게 한마디 내뱉고는 눈을 도로 감았다.

"……"

"……"

에일레나와 에버트경은 서로를 쳐다보았다.

"그만 가시죠."

애버트경은 내심 안도의 한숨을 쉬었다.

여제가 무시당했다는 것은 안쓰럽기는 했지만 오히려 잘된 상황이었다.

이런 작은 고을에 오래 머물고 있는 것은 그리 좋지 못했다.

오래 머물수록 그녀의 신분이 노출될 수도 있기 때문이었다.

"도와주려는 사람 손을 무시했으니 어쩔 수가 없지."

에일레나 칸 스와트 여제는 입맛을 다시면서 말했다.

뭔가 고독해 보이는 떠돌이 사내의 모습에 이끌려 자신도 모르게 말을 걸었다.

그리고 자신도 이해할 수 없는 어떤 힘에 의해서 집요하게 그를 깨워냈다.

하지만 되돌아온 것은 떠돌이 사내의 냉랭한 반응뿐이었다.

여기서 계속 이러고 있을 수는 없었다.

오늘 코러스산을 넘어야 했기 때문이었다.

"시간이 좀 지났지?"

에일레나가 살짝 미안한 표정을 지으면서 애버트경을 쳐다보았다.

"용병길드에 서둘러 가봐야겠습니다."

애버트경은 작은 고을에 접해있는 코러스산을 보면서 말했다.

지금 이곳은 두 나라의 경계선에 위치하고 있었다.

코러스산을 기준으로 말이었다.

이들이 가고자 하는 곳은 이 산을 넘어야 했다.

코러스산은 험준한 산은 아니었다.

2, 3일 정도 열심히 걸으면 웬만한 장병이면 통과할 수가 있었다.

문제는 코러스산 정상을 비켜가야 한다는 것이었다.

코러스산 정상에는 유명한 호수가 있었다.

아니 있다고 알려져 있었다.

그곳을 몇 십 년 동안 들어간 이가 없기 때문이었다.

일단 알려진 사실에 의하면 말이었다.

정상을 비켜서 돌아가게 되면 4, 5일 정도 더 걸렸다.

애버트경의 심정대로라면 4, 5일 걸려도 좋으니 돌아서 국경을 건너고 싶었다.

문제는 에일레나 칸 스와트 여제였다.

그녀는 굳이 코러스산 정상 쪽으로 통과하기를 원했다.

그녀의 목표중 하나가 바로 그곳이었다.

"그곳을 통과할 수만 있다면 우리가 협상에 유리한 거 알지?"

에일레나 칸 스와트 여제가 애버트경에게 했던 말이었

다.

그녀의 말이 백번 옳다.

아니 백번 맞다.

코러스산 정상에 있다고 알려진 호수에 도착할 수만 있다면.

그곳에 나있는 온갖 신기한 약초들을 구할 수만 있다면 그들은 지금 가려고 하는 나라의 열렬한 환영을 받을 것이었다.

대륙 내에서도 그녀의 나라에 대한 인식이 좀 더 높아질지 모른다.

하지만 그런 무모한 시도는 여타 왕국에서 무수하게 오랫동안 시도해보았다.

여제의 선친도 예외는 아니었다.

뛰어난 기사를 보내보기도 하고, 그 자신이 직접 원정을 가보기도 했다.

하지만 번번이 모두가 실패로 끝났다.

아니 목숨을 부지한 것만으로도 다행스러운 일이었다.

코러스산의 정상을 지키고 있는 온갖 이상한 것들 때문이었다.

정확히는 정령들과 몬스터들 때문이었다.

정령들도 일반 정령 급이 아니라 아주 상위의 정령들이었기 때문에 웬만한 정령사들이 상대할 수가 없었다.

일설에는 코러스산 정상에서 태어난 정령들이 정령왕후보라는 말도 있었다.

"용병길드에 일단 가보는 게 낫겠습니다."

애버트경은 가볍게 목례를 하면서 에일레나 칸 스와트 여제에게 말했다.

"그러자."

에일레나는 환히 웃으면서 앞장서서 걸어가기 시작했다.

애버트경은 자신도 모르게 미소를 지었다.

언제나 씩씩하고 밝은 여왕이었다.

갑자기 선친인 바로바로사 칸 스와트 왕이 병으로 일찍 돌아가셨을 때도 그녀는 꿋꿋하게 그 사실을 이겨냈다.

그녀의 나이 겨우 20살에 여왕의 직위에 오르는 것은 매우 힘든 일이었다.

아무리 카라만 왕국이 대대로 스와트 가문에 의해서 왕위를 이어가고 있었지만 말이었다.

그녀보다 10살이나 어린 왕자가 왕의 직을 이어야 한다는 목소리도 제법 강했다.

애든버러 공작가에 의해서 말이었다.

어린 왕자의 어머니, 둘째 왕비가 바로 애든버러 공작가의 장녀였기 때문이었다.

게다가 애든버러 공작가는 카라만 왕국에 가장 강력한

힘을 소유하고 있었다.

왕가 다음으로 가장 넓은 토지를 보유하고 있는 곳이 애든버러 공작가였다.

한때 제국이었던 카라만 왕국이 소국으로 몰락하고도 나라를 잃지 않은 것이 애든버러 공작가 때문이라는 말이 있을 정도였다.

사실 그 말이 맞기도 했다.

선선대의 애든버러 공작가 덕분에 카라만 왕국이 판테온에 이름을 유지할 수가 있었다.

만약 그때, 선선대의 애든버러 공작이 왕을 지키는 것 대신 자신이 왕이 되고자 했다면 충분히 가능한 상황이었다.

어쨌건 간에 애든버러 공작가의 힘은 카라만왕국 내에서 막강할 수밖에 없었다.

그 이전부터 대대로 왕비는 애든버러 공작가의 장녀다라는 암묵적인 규칙이 있을 정도였으니 말이었다.

하지만 바르바로사왕이 왕자였을 때 다엘백작가의 여식을 사랑하게 된 것이 커다란 화제를 불러 일으켰다.

바르바로사왕자는 일회성의 사랑으로 그치지 않고 자신의 아내로 다엘백작가의 여식을 맞이하는데 뜻을 굽히지 않았다.

결국 둘째 부인으로 애든버러 공작가의 장녀를 맞이하

는 것으로 잠정적 약속을 하고 그 뜻을 관철할 수가 있었다.

바르바로사왕자는 왕이 된 이후에도 애든버러 공작가의 끈질긴 결혼약속을 무시했다.

사랑하는 아내를 두고 또다른 부인을 맞이하기를 거부한 셈이었다.

어쨌건 카라만왕국은 스와트왕가의 소유이니 애든버러 공작가가 반역을 일으키지 않는 다음에야 왕의 뜻을 꺾기는 어려웠다.

그래서 그런지, 다엘 백작가의 여식이 왕비가 에일레나를 낳다가 죽은 일을 두고 많은 이들은 애든버러 공작가에서 손을 썼을 거라는 말도 종종 했다.

건강하던 왕비가 갑작스럽게 아이를 낳다가 죽었기 때문이었다.

하지만 그 누구도 애든버러 공작가가 왕비의 급사에 관여되어있다는 사실을 증명하지 못했다.

아니 그런 일은 애초에 없는 듯 했다.

왕비는 그냥 아이를 낳다가 자연사한 것으로 정식 결론이 났다.

그리고 바르바로사왕은 어쩔 수 없이 둘째부인으로 애든버러 공작가의 장녀를 맞이해야 했다.

국모의 자리를 비워둘 수가 없기 때문이었다.

에일레나에게는 다행인지 왕 부부 사이에는 오랫동안 자식의 소식이 없었다.

그녀가 10살이 되었을 때쯤, 드디어 둘째왕비가 임신을 했다.

그리고 많은 이들의 바램대로 왕자를 낳았다.

어린 왕자가 성인이 된다면 그가 왕위를 이을 것이라고 모두가 생각하고 있었다.

그런데 문제가 생겼다.

바르바로사왕이 갑자기 병을 얻어 급사를 한 것이었다.

왕자 나이 겨우 열 살, 에일레나 나이 스무살.

많은 가신들의 논쟁이 점화되었다.

왕자를 왕위에 올려놓자니 그 뒤를 애든버러 공작이 섭정 노릇할 것이 뻔했다.

한마디로 애든버러 공작의 시대가 열리는 셈이었다.

애든버러 공작을 옹호하는 가신들은 어린 왕자를 왕위에 올려놓기 위해서 전력을 쏟았다.

하지만 대부분 가신들은 애든버러 공작이 카라만왕국을 완벽하게 지배하는 것을 원치 않았다.

그렇게 된다면 자신들의 영토가 더욱 줄어들 것은 뻔했다. 그뿐이 아니라 공작의 한마디면 자신들의 지위가 추락할 것이 너무도 자명했기 때문이었다.

어쨌든 그런 이유들로 인해서, 에일레나는 여왕의 자리

에 올렸다.

다만, 그녀의 사후 왕은 어린 왕자나 혹은 그 후손들 중 하나로 지명한다는 단서를 붙이고 나서야 애든버러 공작을 지지하던 가신들의 불만을 잠재울 수가 있었다.

그 이후 10년의 세월 동안.

에일레나 칸 스와트 여제는 정말이지 혁신적이고 열정적으로 카라만왕국을 바꾸어 놓았다.

왕국의 세금을 낮추는 한편, 그만큼의 세금 손실을 놀고 있는 영토를 개발하는 것으로 대체했다.

그리고 주변 인접국가들과 다양한 협력관계를 이끌어내었다.

카라만왕국의 위치를 최대한 활용해서 무역에도 더욱 박차를 가했다.

그로 인해 수도는 주변 인접국가의 무역품들이 통과하는 길목이 되어 번화한 시장이 여기저기 생겨났다.

그만큼 많은 세금이 거두어졌다.

백성들 입장에서는 자신들에게 부과된 세금이 낮아지면서 소득은 높아진 상태였다.

왕가에서 이러니 다른 귀족가도 따라할 수밖에 없었다. 처음에 불만이던 귀족들도 곧 에일레나 칸 스와트 여제를 칭찬하기 급급했다.

그녀의 덕에 많은 것들을 얻을 수가 있었기 때문이었다.

애든버러 공작가나 그를 지지하는 가신들도 여제에 대한 불만이 사라졌다.

여제가 결혼도 하지 않고 오직 나라를 부흥시키는 데에만 전념을 한 공을 인정하기 시작했다.

십년의 세월 동안 카라만왕국은 많은 것들이 변화되고 있었다.

농노의 숫자보다 일반 백성의 숫자가 더욱 많아졌다. 이는 국가의 세금을 내는 자들이 많아졌다는 증거가 되기도 했다.

에일레나는 자유를 중시 여겼다.

가급적 모든 농노를 해방하기 위해서 더욱 애를 썼다. 그로인해서 가끔 귀족가와 부딪히고는 있었지만 기본적으로 나라를 발전시키고 있는 에일레나의 업적에 귀족가들도 그녀를 무시하지 못하고 있었다.

이제 그녀는 나라의 내부를 다졌다면 지금은 외부, 다른 나라들 과의 관계를 돈독히 하고 다지기 위해서 애를 썼다.

그덕에 많은 이들이 에일레나를 여왕이라고 하지 않고 여제라고 칭했다.

거의 카라만 왕국을 제국으로 인정하는 셈이었다.

물론 아직 완전히 제국으로 인정하는 것은 아니었지만 말이었다.

그만큼 나라간 교류, 무역에 있어서 카라만 왕국의 힘이 안미치는 곳이 없을 정도였다.

"이것만 성공하면 우리는 이제 제국이 되는 거야. 알지?"

갑자기 당당하게 앞서 걷고 있던 에일레나가 뒤를 돌아보면서 말을 건넸다.

애버트경은 대답 대신 고개를 끄덕였다.

그가 일부러 여제의 말을 무시해서가 아니었다.

제국이라는 말에 가슴이 벅차올랐기 때문이었다.

카라만 제국.

이 얼마나 바라던 영광인가.

과거의 영광.

그 영광을 지금 에일레나 칸 스와트 여제가 다시 일으키려고 하는 것이었다.

코러스산에는 세 나라의 국경이 맞물려 있다.

카라만, 악코륜류, 트레비존드.

세 나라는 과거 전부 카라만 제국에 속해 있었다.

세월이 흘러 카라만 제국이 힘이 약해지자 코러스산을 중심으로 세 나라로 갈라져 버렸다.

에일레나 칸 스와트 여제는 지금 악코륜류왕국과 트레비존드왕국에게 자신의 힘과 능력을 증명코자 했다.

이 두 나라가 현재는 자신을 지킬 충분한 힘이 없는 소국인 탓도 있었다.

이대로 이 두 나라를 방치하게 되면 이 두 나라를 호시

탐탐 노리는 벨로아 제국에 뺏길 수도 있었다.

본질적으로 이 두 나라는 뿌리가 카라만 왕국에 속해 있었다.

그런만큼 백성들의 정서도 카라만과 크게 다르지 않았다.

에일레나는 항상 이 두 나라를 언젠간 자신의 나라에 복속시킬 생각을 하고 있었다.

자신이 복속시키지 못한다면 벨로아 제국에 뺏기고 마리라.

그녀는 그래서 더욱 코러스산 정상에 있다는 호수에 집착을 했다.

그곳에 난다는 온갖 신비로운 약초를 캐낼 수만 있다면 전염병이 돌고 있는 트레비존드왕국에 도움이 되는 것은 당연하고 말이었다.

몇 십 년 동안 아무도 근접하지 못하던 코러스산 정상에 그녀가 들어갔다는 것은 판테온 내 커다란 파장을 가져올 것이었다.

정령왕의 후보들이 태어난다는 곳인 만큼 그녀가 통치하는 카라만을 제국으로 본격적으로 인정할 것이 뻔했다.

물론 악코륜류와 트레비존드, 두 왕국도 카라만에 복속되는 것을 인정하게 될 것이라고 그녀는 생각했다.

오래전부터 두 나라와 서신을 교류하고 있던 에일레나

였기 때문이었다.

오랫동안 전염병이 돌았던 지라 제대로 왕국의 관리가
이루어지지 않고, 귀족들이 제멋대로 행동한 탓에 두 나라
의 왕가에선 에일레나에게 도움의 손길을 보냈기 때문이
었다.

일단 이들에게 명분을 줘야 했다.

그리고 에일레나는 그 명분이 바로 코러스산 정상을 자
신이 밟는 것이라고 생각했다.

'꼭 해내고 말거야.'

에일레나는 아랫입술을 꽉 깨물었다.

'하실 수 있습니다.'

애버트경은 어느 샌가 자신도 모르게 에일레나 칸 스와
트 여제를 응원하고 있었다.

이번일이 성공적으로 이루어 졌을 때를 생각하는 것만
으로도 그의 가슴이 미칠 듯이 뛰었기 때문이었다.

하지만 이내 애버트경의 안색은 어두워졌다.

얼마나 많은 이들이 오랜 세월동안 코러스산 정상에 도
전하였던가.

하지만 코러스산 정상은 그 누구에게도 자신을 내어주
지 않았다.

"휴우."

애버트 경은 씩씩하게 앞장서서 걷고 있는 에일레나 칸

스와트 여제의 뒷모습을 보면서 한숨을 내쉬었다.

과연 코러스산이 여제에게 자신의 정상을 내어줄까.

애버트 경은 안색은 더욱 굳어갈 수밖에 없었다.

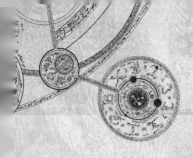

Return
of the Meister

NEO MODERN FANTASY STORY

3. 코러스산

3. 코러스산

Return of the Meister

용병길드는 예상대로 북적거렸다.

작은 고을이었지만 코러스산과 인접하고 있는 탓이었다.

많은 이들이 코러스산의 정상에 미련을 버리지 못하고 끝없이 도전하고 있는 탓이었다.

사실 그런 이유가 아니라면 전염병이 돌았던 악코륜류와 트레비존드 두 나라에 갈 일이 없었다.

물론 무역의 중심국인 카라만은 예외로 놓고 말이었다.

각 나라의 수많은 기사들과 용병들, 그리고 도전을 즐기는 귀족가의 자식들이 코러스산 정상에 도전하고 있었다.

만약 코러스산 정상을 밟을 수만 있게 되면 이들이 얻는 부와 명성은 엄청나기 때문이었다.

하지만 그만큼 위험의 대가는 컸다.

그래서 그런지 귀족가의 자식들 중에도 자신의 가치를 증명하고자 하는 둘째, 셋째들이 많이 도전하고 있었다. 안전하게 아버지의 상속분을 받을 수 있는 장자들의 경우 굳이 이런 모험을 하기를 꺼려했다.

지금 용병길드에도 마찬가지였다.

벨로아 제국의 드르먼 백작가 차남이 기사들뿐 아니라 용병들을 사고 있었다.

"이런 우리가 좀 늦었네."

에일레나가 용병길드에서 이 광경을 보고 눈살을 찌푸렸다.

"어디 가십니까?"

길드장이 무심한 눈길로 에일레나 옆에 서있는 애버트 경에게 말을 건넸다.

에일레나의 차림새가 보통 귀족가의 여식처럼 보이지 않았기 때문이었다.

일부러 평민들의 여식이 입는 수수한 드레스를 입고 있기 때문이었다.

게다가 낡은 망토와 두건을 씌고 있어서 더욱 행색이 초라해 보였다.

그에 비해 애버트 경은 어디서나 흔히 볼 수 있는 기사들의 옷차림새였다.

당연히 길드장으로서는 에일레나가 애버트 경의 하녀나 그런 위치에 있는 여자일 거라고 생각하는 눈치였다.

"코러스산."

애버트 경이 짤막하게 대답했다.

에일레나 역시 한걸음 뒤로 물러섰다.

이런 거래에 자신이 나설 필요가 굳이 없다고 판단했기 때문이었다.

오해를 풀 필요도 없다.

아니 이곳 사람들이 자신을 오해할수록 좋기 때문이었다.

만약 카라만 왕국의 에일레나 칸 스와트 여제가 코러스산 정상에 도전하고 있다는 것을 벨로아 제국에서 알게 된다면 그야말로 큰일이었다.

벨로아 제국에서는 어떻게 해서든지 여제의 행동을 저지할 것이 뻔했다.

물론 왕국내에 애든버러 공작가에서도 탐탐칙 않아 할 것이 뻔했다.

그들은 여제가 자신의 왕위를 다지기 위해서 애쓴다고 생각할 것이 뻔했다.

애든버러 공작가의 입장에서는 에일레나 칸 스와트 여제

가 카라만 왕국의 기초를 잘 다져 놓고 나서 언제든지 동생인 왕자에게 왕위를 넘겨주기를 원하고 있기 때문이었다.

그런 국내외 정세를 잘 알고 있는 여제로서는 이번 일을 반드시 비밀리에 수행해야 했다.

"A급 2골드, B급 50실버입니다."

길드장이 애버트 경을 쳐다보면서 말했다.

"A급 1골드 아니던가?" 애버트 경이 항변했다.

이곳에 오기 전에 이미 용병길드에 대해서는 조사를 했다.

가급적 기사들을 데려오지 않기로 한 것도 신분을 감추고 움직여야 했기 때문이었다.

그런 만큼 이용할 용병길드에 대해서 철저한 조사는 애버트경의 몫이었다.

"좀 전까지는 그랬죠."

길드장이 거들먹거리면서 어깨를 으쓱거리면서 한쪽으로 눈길을 주었다.

에일레나와 애버트 경은 일제히 그 시선이 향해있는 곳을 쳐다 보았다.

벨로아 제국의 휘장이 새겨져 있는 망토가 눈에 띄었다.

분명 베로아제국의 귀족일 것이었다.

대부분 귀족가들은 망토에다 자국의 휘장과 가문의 휘장을 함께 새기기 때문이었다.

그것만 보아도 어느 나라의 어느 귀족가인지 알 수가 있었다.

"드르먼 백작가?"

에일레나가 망토에 새겨져 있는 휘장을 보고는 나지막하게 속삭였다.

애버트 경은 고개를 끄덕였다.

길드장은 일개 하녀이거나 그런 비슷한 위치에 있을 거라고 여겼던 에일레나가 벨로아 제국의 가문 휘장을 알아내자 다소 의아스러워졌다.

'혹시 귀족 여식인가?'

사실 귀족 여식들중 대부분 자신들의 신분을 드러내지 않고 이곳에 오는 경우가 허다했다.

물론 거의 드문 일이기는 했지만 말이었다.

"맞습니다. 벨로아 제국의 드르먼 백작가의 차남입니다."

"저자가 왜?"

애버트 경이 의아한 표정을 지으면서 길드장에게 물었다.

길드장은 애버트 경의 질문에 그것도 모르냐는 듯한 표정을 지으면서 대꾸했다.

"차남이니 자신을 증명하고 싶은 게지요."

길드장의 말에 애버트 경은 고개를 끄덕였다.

에일레나 만이 침착하게 아무런 말이 없었다.

벨로아 제국의 귀족이 이곳에 있다는 것만으로도 심한 압박감이 존재할 수밖에 없었다.

혹시라도 자신의 신분이 노출된다면 문제가 커질 수가 있었다.

벨로아 제국의 백작정도 된다면 절대로 차남과 몇몇 기사만으로 이곳에 보내지 않을 게 뻔했다.

만일을 위해서 드러내지 않고 차남을 보호하는 자들이 있으리라.

'이거 심각해졌네.'

애버트 경도 고민에 빠졌다.

지금 에일레나 칸 스와트 여제를 수행하고 있는 것은 애버트 경 그 자신뿐이었다.

하지만 그것은 공개적인 것이었다.

비공개적으로는 5여명의 기사들이 이들을 호위하고 있었다.

비밀리에 말이었다.

이렇게 되면 벨로아 제국의 백작가에서 보낸 호위기사들과 부딪힐 수도 있다는 점이었다.

잠행에 아무리 뛰어나다고 해도 서로가 서로를 언제까지 발견해낼 수 없다는 것은 어불성설이기 때문이었다.

"이미 S급들은 저 자들이 죄다 데려갔습니다."

길드장은 에일레나와 애버트 경의 심각한 표정이 용병들의 몸값이 오른 것 때문이라고 지레 짐작한 모양이었다.

그는 아예 미리 S급이 없다는 것을 선수쳐서 말했다.

쉽게 말해서 A급이라도 2골드에 데려가려면 데려가라는 뜻이었다.

에일레나와 애버트 경은 서로의 얼굴을 쳐다보았다.

-얘들은 다 보내.

에일레나가 애버트 경에게 마법장비를 이용해서 텔레파시를 보냈다.

-불가합니다.

애버트 경이 고개를 저었다.

만일 벨로아 제국의 백작가 차남과 자칫해서 부딪히는 날이라도 온다면 그들의 힘이 필요했기 때문이었다.

-미연에 방지하기 위해서야.

에일레나가 단호하게 말했다.

애버트 경은 한숨을 내쉬었다.

에일레나 칸 스와트 여제의 말에 일방적으로 반대만 할 수가 없기 때문이었다.

-대신 최대한 용병들을 모으셔야 합니다.

-비싼데?

에일레나가 미소를 지면서 텔레파시를 했다.

-어쩔 수 없죠.

애버트 경은 어깨를 으쓱댔다.

남들이 보면 애버트 경의 표정은 그다지 변화가 없었다. 하지만 지금 그의 속은 말이 아니었다.

용병을 최대한 고용한다고 해도 S급이 없다.

그런상황에서 여제에게 무슨 일이라도 생긴다면.

생각하기 조차 끔찍했다.

"A급 용병으로 다 주십시오."

애버트 경이 길드장에서 결심이라도 한 것처럼 말했다.

"A급 용병 5명 남았습니다. 더 필요하시면 B급 용병 20명 있으니 데려가십시오."

길드장이 안됐다는 표정을 지으면서 말했다.

"겨우 5명?"

애버트 경은 아연실색했다.

자신을 빼놓고라도 이것은 정말 말이 안 되었다.

S급 5명도 부족한 판국에 A급 용병이 5명밖에 없다니.

"......."

애버트 경은 에일레나를 쳐다보았다.

-도저히 안되겠습니다. 그냥 기사들을 데려가는 것이 낫겠습니다.

-절대 신분이 드러나서는 안 돼. 여기서 부딪히게 된다

면 더큰 문제를 일으킬 수가 있단 말야.

에일레나는 완강하게 거절했다.

벨로아 제국의 드르먼백제가의 차남이 꾸린 일행들만 봐도 적어도 5, 6서클의 마법사가 있었다.

자신들의 신분이 노출된다면 마법사의 통신마법으로 삽시간에 벨로아 제국에 까지 연락이 갈 것이 뻔했다.

그렇게 되면 제국에서 급히 사람들을 급파할 것은 뻔했다.

자칫하면 자신뿐만 아니라 부하들을 전부 잃을 수도 있었다.

애버트 경은 에일레나를 한번 쳐다보고는 길드장을 쳐다 보았다.

그가 여제를 설득하기는 쉽지 않을 게 뻔했다.

에일레나 칸 스와트 여제는 한번 마음먹은 일은 곧 죽어도 하는 사람이었다.

오랫동안 여제를 모시고 다녔던 애버트 경으로서는 그녀의 고집을 꺾을 수 없다는 것쯤은 알고 있었다.

"휴우, 할 수 없지. 그렇게 구성해주시오."

애버트 경은 품속에서 골드를 길드장에게 내밀면서 말했다.

"언제 출발하실 겁니까?"

"저들은 언제 갑니까?"

길드장의 질문에 애버트 경이 되물었다.

"지금 출발한다고 합니다."

길드장이 낮은 목소리로 속삭였다.

"우리는 내일 아침에 출발하겠소."

애버트 경이 말했다.

이미 에일레나와 암묵적으로 시선을 주고 받았다.

일부러 벨로아 제국과도 얽히는 것을 막기 위해서 말이었다.

"저들 가는데 따라가면 오히려 좋지 않습니까?"

길드장이 힐끔 에일레나를 쳐다보면서 말했다.

"글쎄요. 저 자의 성품이."

애버트 경은 말을 흐렸다.

길드장은 애버트 경의 시선 끝에 있는 벨로아 제국의 드르먼 백작 차남인 페테르를 쳐다보았다.

코러스산에 처박혀 있는 길드를 운영하고 있는 그가 대륙에 있는 귀족들을 잘 알리는 만무했다.

하지만 이곳은 용병들이 가장 선호하는 곳이었다.

그런 만큼 많은 용병들이 이런저런 떠도는 소문을 얘기하고는 했다.

그중 벨로아 제국처럼 커다란 제국가의 소문은 길드장들이 반드시 챙겨야할 소식들 중 하나였다.

'꽤 안하무인이라고 소문나있지.'

길드장은 애버트 경의 말에 고개를 끄덕이면서 속으로 생각했다.

그가 들은 소문에 의하면 페테르라는 백작가의 차남은 아버지의 권력으로 수하들을 함부로 대하는 자였다.

수하들뿐 아니라 영토내에 있는 백성들의 여식을 종종 건드린다는 소문도 있었다.

길드장은 애버트 경의 태도로 보아 에일레나가 신분을 감추고 있는 귀족가의 여식이라고 판단했다.

그런 만큼 백작가의 차남 일행에 얽히고 싶어 하지 않는 것으로 생각했다.

"주무실 숙소도 필요하시겠군요."

길드장은 눈치 빠르게 행동했다.

"어이, 이봐!"

그때였다.

용병길드내에서 코러스산 원정대를 꾸리던 드르먼백작가의 차남인 페테르가 에일레나가 있는 쪽을 향해서 말을 던졌다.

초면치고 거의 무례에 가까운 언사였다.

애버트 경이 기사다운 복장을 하고 있는 것을 감안한다면 적어도 기본적인 예의를 갖추는 것이 도리였다.

하지만 페테르는 애버트 경의 옷이 평범한 기사들이 입는 옷이라는 것에 주목했다.

신분이 나타나있지 않았다.

대부분의 기사들은 귀족가에 속해있거나 하면 반드시 입고 있는 옷에 가문의 문장을 새겼다.

물론 모든 옷이 그런 것은 아니었다.

상황에 따라 문장이 새겨져 있지 않은 옷을 입을 때도 있었다.

하지만 옷감에 따라서 상대의 신분을 파악하는 방법도 있었다.

애버트 경이 입고 있는 기사복은 극히 평범한 천으로 만들어져 있었다.

상급 기사들은 자신의 지위를 드러내는 고급천으로 만들어진 옷을 입었다.

그만큼 자신들의 지위에 대한 자부심이 컸다.

페테르는 그런 까닭에 애버트 경의 지위가 낮을 것이라고 생각하는 눈치였다.

사실 그가 관심을 두고 있는 사람은 애버트 경이 아니었다.

그옆에 서있는 에일레나였다.

처음에 애버트 경과 에일레나가 들어왔을 때는 눈길조차 주지 않았다.

그냥 그런 사람들인가 싶었다.

하지만 시간이 지날수록 낡은 두건아래 감추어져 있는

에메랄드빛 눈동자와 뽀얀 얼굴이 점점 페테르의 시선을 끌었다.

페테르는 결국 에일레나에 대한 욕정을 이기지 못했다.

어떻게 해서든지 에일레나를 손에 넣어야겠다는 생각에 미쳐 있었다.

자신이 코러스산에 가야한다는 목적의식까지 잊고 말이었다.

"……."

애버트 경은 에일레나와 시선을 주고받은뒤에 페테르의 말에 대답하지 않기로 했다.

"숙소는 어딥니까?"

애버트 경은 길드장에게 시선을 돌렸다.

"멀지 않습니다. 바로 이 건물 옆을 돌아서면 낙원여관이라고 있습니다."

길드장은 상황을 눈치 챈 듯이 재빠르게 대답했다.

"알겠소."

애버트 경은 길드장에게 가볍게 목례를 하고는 급히 걸음을 재촉했다.

그 옆에 에일레나도 마찬가지였다.

"저것들이."

페테르는 순간 화가 치밀었다.

두 사람이 명백하게 자신을 무시하고 있기 때문이었다.

그는 자신이 채 뭐라고 하기도 전에 용병길드를 나서버린 두사람 때문에 화가 머리끝까지 났다.

"저자들 어디로 갔지?"

페테르는 길드장을 노려보면서 말했다.

"숙소로 갔습니다."

길드장은 위축된 목소리로 대답했다.

"숙소?"

"저기 이 건물을 돌아서면…."

"우리도 숙소로 간다."

페테르는 몸을 핵 돌렸다.

"저기, 용병들이 기다리는데…."

길드장이 기어가는 목소리로 말했다.

지금 이 상황이 그에게 몹시 난처하기 때문이었다.

이미 용병들 하루치 일당을 선금으로 주었기 때문이기도 했다.

"오늘치는 계산하지. 출발은 내일이야."

"와아!"

페테르의 말에 순간 용병일행들의 입에서 함성 소리가 나왔다.

말그대로 하루를 거저 먹는 셈이었다.

1골드면 4인 평민가족이 반년 치를 먹고 살 수가 있다. 물론 아껴 살아야 한다는 전제로 말이었다.

그런데 S급 용병 한 사람당 10골드를 일당으로 받았다.

그만큼 목숨이 걸린 일이라는 뜻이었다.

그런데 멀쩡히 하루를 거저 지불한 셈이었다.

당연히 용병들이 좋아할 수밖에 없었다.

이들은 순식간에 페테르 주변으로·몰려들었다.

이들에게 뽑히지 못한 다른 용병들은 이들을 부러워했
다.

페테르가 꾸리는 용병단은 그야말로 사기가 오를 대로
올랐다.

페테르는 거만한 표정을 지으면서 용병일행들까지 전부
에일레나가 묵고 있는 낙원여관으로 데려갔다.

낙원여관.

이런 작은 동네의 여관의 경우 1층은 몇 개의 탁자를 갖
다 놓고 술집을 운영하기도 한다.

진혁은 일부러 낙원여관에 숙소를 정했다.

판테온에 어떤 연유로 왔던 건 간에 일단은 머물 곳이
필요했다.

이곳에서 며칠 머물면서 용병 일을 하면 어느 정도 노자
를 마련할 수 있을 것으로 보았다.

이미 판테온과 지구를 오고간 적이 있던 까닭인지, 아니면 진혁의 안에 이미 오래 살았던 대마법사의 정신이 흘러서 그런지 이런 일을 당하고도 의외로 침착하게 대응하는 중이었다.

다만 에일레나를 또 만날 수는 없었다.

진혁은 과거 에일레나가 그날 용병길드에서 용병을 구해서 코러스산을 넘은 것을 기억하고 있었다.

또 그녀와 마주칠 수는 없다.

그것이 진혁의 선택이었다.

과거가 바뀐다고 해도 말이었다.

진혁은 아직까지도 에일레나가 자신 때문에 일찍 죽지 않았을까 하는 생각을 품고 있지 않는가.

그렇다면 차라리 그녀와 인연을 맺지 않는 것이 낫다는 판단을 했다.

사랑하는 여자가 눈앞에서 자신 때문에 일찍 죽어가는 모습을 보느니, 차라리 그녀가 오래오래 자신을 모르고 행복하게 사는 쪽을 선택하리라.

진혁은 그래서 용병길드로 가지 않고 낙원여관으로 향했던 것이었다.

에일레나는 필시 지금쯤이면 용병길드에서 용병을 구해 코러스산으로 향했을 것이었다.

진혁은 속이 탔다.

수 십 년 동안 그리워하던 얼굴을 두고 낙원여관 쪽으로 걸음을 하는 자신의 모습이 한없이 우습기도 했다.

"여기 술병 째 갖다 주십시오."

진혁은 낙원여관의 주인장 얼굴을 쳐다보면서 말했다.

낙원여관의 주인장은 대략 60대 정도 되어 보였다.

1층 안쪽에서 부지런히 음식과 술을 준비하는 여자는 아내일 것이다.

노부부가 이곳에서 여관 겸 선술집을 운영하고 있는 것이었다.

그래서 그런지 규모도 별로 크지 않았다.

하지만 용병길드가 근처에 있는 까닭에 손님들은 심심찮게 왔다.

물론 이 건너 더 큰 여관 겸 선술집이 있었다.

하지만 용병길드장이 과거 노부부의 은혜를 입은 적이 있어서 나그네들이 찾아와 묵을 곳을 물어보면 이곳을 알려주곤 했다.

그 덕에 낯선 이들이 이곳에서 제법 묵어가고 했다.

"오늘밤 이곳에 머무실 겁니까?"

주인장이 술병을 들고 와 물어보았다.

"며칠 있을 작정입니다."

진혁이 공손하게 대답했다.

그런 진혁의 태도에 주인장은 제법 기분이 좋아졌다.

대부분 낯선 이들도 이곳의 특성상 용병이거나 용병을 하려고 오는 자들이었다.

그런 자들은 대부분 태도가 곱지 못한 경우가 허다했다.

자신의 목숨을 대가로 인생을 살아가는 이들이다 보니 하고 주인장이 이해할 뿐이었다.

그런 자들에 비하면 눈앞의 사내는 묘한 매력이 있었다.

단아한 외모와 매너를 보면 학자풍이 느껴졌다. 하지만 그의 건장한 체격 조건을 보면 필시 용병이었거나 그런 전력이 있어 보였다.

진혁은 주인장이 흥미롭게 자신을 내려 보고 있는 것을 깨달았다.

'아, 여관비를 내야지.'

진혁은 그 제서야 이런 곳에 오면 돈을 내야한다는 것을 깨달았다.

물론 그는 주인장이 자신을 왜보는지 엉뚱하게 해석한 세이었다.

부스락 부스락.

진혁은 자신의 품속으로 손을 집어넣었다.

지구에서 어떻게 해서 이곳에 오게 된 건지 모르지만 지금 진혁의 옷차림과 외모는 과거 그때와 똑같았다.

나이 40살, 7서클을 앞두고 이리저리 판테온을 방랑하던 방랑자의 차림새였다.

진혁은 그때처럼 옷 안쪽에 작은 주머니 속에 골드가 들어있는 것을 손가락의 감촉으로 느꼈다.

'휴우.'

왠지 모르게 안심이 되었다.

이런데서 돈이 없다고 쫓겨날 수는 없지 않은가.

진혁은 1골드를 꺼내어 주인장 앞에 내밀었다.

"며칠 묵을 예정이라서 선금으로 드립니다. 그동안 식사와 술값, 여관비로 제하여 주시고 혹시 모자르 게 되면 그때 또 말씀해주십시오."

주인장은 진혁이 내미는 1골드를 받아 쥐었다.

"그렇게 하지요. 식사도 내올까요?"

"준비해주십시오."

"잠시만 기다립시오."

주인장은 1골드를 손에 쥐고는 서둘러 식당 안쪽으로 향했다.

진혁은 주변을 두리번거렸다.

그가 있는 1층에는 진혁 말고도 2팀이 더 있었다.

용병들이었다.

한눈에 봐도 알아볼 수 있었다.

아마도 B급 아니면 C급 용병이리라.

그들의 옷차림새나 들고 있는 무기들이 영 볼품없어 보였다.

이런 용병길드가 가까운 선술집의 경우에 B급이나 C급의 용병들은 처신을 잘해야 한다.

함부로 마음에 안 든다고 상대방을 쑤셨다가는 한순간에 목숨이 날라 갈 수도 있었다.

그런 만큼 B, C급 용병의 경우, 가능한 주변 사람들과 엮이지 않으려고 노력을 한다.

어쨌거나 그 덕에 진혁도 조용하게 술을 마실 수가 있었다.

'한낮의 술이라.'

진혁은 술병을 들고 씁쓸한 미소를 지었다.

연인을 보내는 심정이 이것일까.

그때였다.

벌컥.

조용한 낙원여관에 약간의 활력이 느껴졌다.

진혁은 미동도 않고 여전히 술을 마시는데 집중했다.

하지만 그의 심정은 요란하게 요동치고 있었다.

그녀였다.

보지 않아도 알 수가 있었다.

진혁은 애써 눈을 마주치지 않으려고 오로지 술병을 들이키는 데에만 신경을 썼다.

"거지는 아닌가 봐요."

에일레나의 목소리였다.

그녀는 들어서자마자 진혁을 알아본 것이었다.

참으로 신기했다.

아주 잠깐 시장바닥에서 눈이 마주쳤을 뿐인데.

그런데도 용케 진혁을 알아보고 있었다.

벌컥벌컥.

진혁은 가슴이 탔다.

그는 자신이 앉아있는 탁자 앞에 버티고 서있는 에일레나의 말을 무시하고 술동이를 들이켰다.

"……."

에일레나는 진혁이 의도적으로 자신을 무시한다는 느낌을 받았다.

오기가 났다.

"이봐요, 이런데서 술 마실 돈이 있는 사람이 왜 시장바닥에 그렇게 누워있었어요?"

에일레나는 오히려 진혁의 얼굴 쪽에 자신의 얼굴을 바짝 대고는 물었다.

"술맛 떨어지게."

진혁이 인상을 쓰는 척 하면서 냉랭하게 말했다.

여자로서 진혁의 이런 태도는 커다란 모욕이었다.

"어머."

에일레나는 순간 자신도 모르게 한걸음 뒤로 주춤했다.

그녀가 살아오면서 이렇게 무례한 태도는 한 번도 받아
본 적이 없었기 때문에 더욱 어이가 없었다.

"이분이 누구신줄 알고… 감히."

애버트 경이 자신도 모르게 진혁에게 으르렁거렸다.

그래도 그 와중에 낮은 소리로 말한 까닭에 주변에서 애
버트 경의 말소리를 들은 자는 없어보였다.

아니 애초에 낙원여관 1층에 모여 있는 자들치고 그다
지 에일레나 일행이나 진혁에게 관심가지는 이들은 없었
다.

일단 에일레나의 옷차림이 남루한 까닭이기도 하고 두
건으로 얼굴의 절반을 가린 상태라 그녀의 미모가 발휘되
지도 못했다.

게다가 그녀의 상관이나 주인처럼 보이는 애버트 경의
경우는 그다지 높은 신분의 기사 복장이 아닌 까닭이었다.

그리고 앞서 말한대 로 B, C급의 용병들은 웬만해선 남
의 일에 유심히 들여다보지도, 신경 쓰지도 않았다.

그것이 이 세상을 살아가는 처세술이기도 했다.

"누구신지 모르겠지만 이런데서 그런 옷차림으로 신분
위장을 할 것 같으면 확실히 하쇼."

진혁은 일부러 거칠게 에일레나와 애버트 경을 몰아 세
웠다.

"이놈이."

애버트 경은 분기탱천해서 자신의 허리춤으로 손을 갖다 대었다.

여차하면 그의 손은 장검을 꺼내는데 주저함이 없으리라.

진혁은 애버트 경에 대해서 잘 알고 있었다.

어떻게 모를 수가 있는가.

진혁은 과거 에일레나와 연인으로 지냈기 때문이었다.

그런 만큼 에일레나의 호위무사이자 카라만제국의 제국기사 총 단장 자리에 올랐던 애버트 경에 대해서 아주 잘 알았다.

물론 그의 실력조차 말이었다.

'지금쯤이면 마스터쯤 되겠지.'

진혁은 두 사람을 흘낏 쳐다보았다.

그립고 반가운 이들이었다.

그런데 이들을 이처럼 냉정하게 내치는 자신이 한없이 서글퍼 보였다.

하지만 어쩔 수가 없었다.

사랑하는 이가 자신과 엮이지 않고 오래오래 행복하게 살기를 바랄 뿐이었다.

그거면 족했다.

벌컥벌컥.

"네놈이…."

애버트 경이 다시 한 번 으르렁 댔다.

"그만하면 됐어요. 저분 말이 맞아요."

에일레나가 그런 애버트 경을 저지했다.

따지고 보면 이런 자에게 무례를 당한 것도 에일레나 자신의 괜한 참견이었다.

자신을 드러내고 싶어 하지 않는 사람에게 저돌적으로 나선 것은 크나큰 실례였다.

아무리 도와주고 싶은 상대방이라고 해도 상대방이 원하지 않으면 무슨 소용이겠는가.

에일레나는 몸을 휙 돌렸다.

진혁에게서 느껴졌던 강한 끌림도, 이쯤에서 물러서야 했다.

이럴 때보면 확실히 여왕다운 면모가 돋보였다.

에일레나는 아무리 자신의 감정이 뜨거워도, 한번 결심을 하고 나면 그 결심이 이끄는 방향대로 추진을 하는 성격이었다.

"오늘밤 묵어 갈 거에요."

에일레나는 주인장에게 말했다.

주인장은 에일레나와 애버트 경, 그리고 진혁을 번갈아 쳐다보았다.

사실 그는 에일레나가 등장했을 때부터 부리나케 식당 안쪽에서 나왔다.

하지만 진혁과 분위기가 수상해서 일단 상황을 지켜보던 참이었다.

다행히 세 사람 사이에 별다른 일이 일어나지 않았다.

주인장은 가슴을 쓸어내렸다.

그도 애버트 경이 손을 허리춤에 갖다 대는 것을 보았다.

주인장의 눈은 애버트 경이 찬 장검을 보았다.

애버트 경의 옷차림새에 비해 그가 차고 있는, 망토에 가리워져 있는 장검은 절대로 허름하고 볼품없는, 그저 그렇고 그런 기사의 장검이 아니었다.

한때 전장을 누비던 주인장인지라 그는 그것이 최상급 기사의 장검임을 알아보았다.

주인장은 긴장하지 않을 수 없었다.

물론 에일레나가 여왕인 것까지는 알아보지 못했다.

하지만 최상급 기사가 두둔하고 나서는 여자인 것으로 보아 꽤 높은 지위의 귀족일 거라고 짐작만 할 뿐이었다.

"방을 몇 개 준비해드릴까요?"

주인장이 애버트 경과 에일레나의 눈치를 보았다.

순간 에일레나의 얼굴이 빨개졌다.

이런 오해를 받으리라고는 생각지 못했다.

하긴 에일레나의 나이는 서른이었지만 남들이 보기에는 거의 20대 초중반으로 보였다.

또한 애버트 경의 경우 30대 중반, 제 나이 그래도 보였다.

그러니 이런 오해를 살 수밖에 없었다.

"두 개 주시오."

애버트 경이 침착하게 말했다.

"네네, 곧 준비해드리겠습니다. 방 한 개는 청소가 안 되어서 잠시만 1층에서 식사하면서 기다려주십시오."

주인장은 연신 허리를 숙여가면서 말했다.

"알겠소."

애버트 경은 고개를 가볍게 숙였다.

주인장은 부리나케 2층으로 뛰어올라 갔다.

에일레나와 애버트 경은 진혁이 앉아있는 바로 앞 탁자에 자리를 잡았다.

진혁은 그것이 에일레나로부터 무언의 시위 같다는 느낌이 들었다.

그는 애써 에일레나를 무시하려고 했다.

하지만 그럴수록 그의 마음은 에일레나에게로 향하고 있었다.

두근두근.

어떻게 이럴 수가 있지.

"휴우."

진혁은 자신도 모르게 한숨을 쉬었다.

그 모습을 에일레나가 놓치지 않았다.

"저 사람 뭔가 고민이 있나봐."

그녀는 애버트 경에게 속삭였다.

"과도한 관심입니다."

애버트 경이 그런 에일레나에게 말했다.

"그렇지?"

에일레나가 쉽게 수긍을 했다.

"왜 그렇게 관심을 두십니까?"

애버트 경이 에일레나를 쳐다보았다.

여기가 카라만 제국 이었다면 이렇게 에일레나를 앞에 두고 이런 말을 절대로 할 수가 없을 것이었다.

애버트 경으로서는 언제 이런 영광을 또다시 갖게 될지는 모르는 일이었다.

하지만 그는 묵묵하게 자신의 역할을 잘 수행하고 있었다.

에일레나는 그런 애버트 경을 향해서 싱긋 웃었다.

그 모습이 참으로 아름다웠다.

평소 애버트 경은 에일레나가 이른 나이에 여왕의 자리에 올라서 나라를 안팎을 다지느라 혼기를 놓친 것이 못내 안타까웠다.

그 자신이야 30대 중반의 나이로 마스터의 자리에 오르느라 혼기를 놓쳤지만 엄연히 에일레나와는 처지가 다르다고 생각했다.

사실 기사로서 마스터가 된다는 것, 그것은 꿈의 목표였다. 그런 마스터를 30살 초반에 올라선 애버트 경이었다.

검술의 천재라고 부를만한 사내였다.

그는 검과 결혼했다고 공공연하게 말할 정도로 검술훈련에 그의 일상을 전부 투자 했다고 해도 과언이 아니었다.

"이곳은 거친 사내들이 많은 곳입니다. 최대한 행동을 조심해 주십시오."

애버트 경은 조심스럽게 에일레나에게 말했다.

하지만 에일레나는 그런 애버트 경의 경고를 듣는 둥 마는 둥 했다.

"저 사람 뭔가 신기해."

에일레나가 중얼거렸다.

"휴."

애버트 경은 자신도 모르게 한숨이 나왔다.

여제답다는 생각이 들었다.

에일레나에게 남들은 잘 모르는 면이 있었다.

애버트 경도 작년 그녀의 호위기사로 임명되고 나서 알게 된 사실이었다.

에일레나에게 엄청난 호기심이 있다는 것 말이었다.

한시도 가만히 있지 않고 끊임없이 질문을 하는 여제였다.

이미 애버트 경은 그런 여제에게 익숙해져 있었다.

하지만 이런 곳에서는 그런 에일레나의 호기심은 대형 참사를 불러올 수가 있었다.

애버트 경은 정신을 단단히 차려야겠다고 스스로 다짐했다.

그런 애버트 경의 걱정과는 달리 일은 엉뚱한데서 터져 나왔다.

탕!

"주인장 있소!"

조용한 낙원여관의 출입구가 거칠게 열렸다.

그리고는 우락부락한 용병들 이십여 명이 쏟아져 들어왔다.

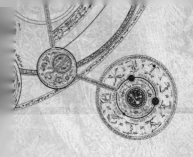

Return of the Meister

NEO MODERN FANTASY STORY

4. 용병이 되다

4. 용병이 되다

Return of the Meister

"어서 오십시오. 나리들."

주인장은 요란한 소리에 부리나케 2층에서 1층으로 내려왔다.

식당 안쪽에 있던 안주인 역시 마찬가지였다.

주인부부는 서로의 눈을 쳐다봤다.

한눈에 봐도 긴장한 빛이 역력했다.

진혁도 마찬가지였다.

물론 에일레나와 애버트 경 역시 말이었다.

이런 작은 여관에 스무 여명이나 되는 용병들이 갑자기 들이닥친다는 게 앞으로 몰고올 파란이 있을 수 있다는 것쯤은 누구나 예견되었다.

"여깁니다!"

용병 무리들 중 제일 앞에 있던 자가 큰 소리쳤다.

그러자 용병 무리들이 밀물이 빠지듯이 쫘악 갈라졌다.

그리고 한 사내가 거들먹거리면서 출입문에서 모습을 드러냈다.

페테르였다.

에일레나와 애버트 경은 그를 알아보았다.

용병길드에서 이미 보았기 때문이었다.

가급적 피하려고 한 사내였다.

아무래도 가장 카라만왕국과 꺼림칙스러운 나라의 백작 자제였기 때문이었다.

진혁은 순간 에일레나와 애버트 경의 표정이 바뀌는 것을 한눈에 알아보았다.

'저자들과 무슨 문제지?'

진혁의 기억 속에 이런 광경은 없었다.

그때는 시장 길바닥에서 그녀를 만났고, 그녀와 코러스 산을 가다가 다시 한 번 동행을 하게 되었다

그래서 함께 코러스산을 넘어가면서 급속하게 사랑에 빠져버렸다.

그녀의 자신만만하고 열정적인 태도에 진혁이 빨려 들어간 것이었다.

'나 때문에 과거가 또 변한 것일까?'

진혁의 낯빛이 어두워졌다.

지금 벌어지고 있는 상황으로 보아 분명 과거와 전혀 다른 전개였다.

"주인장, 우리가 오늘 여기에서 묵을 것이오."

페테르의 뒤에 서있던 기사가 주인장을 향해서 통첩을 했다.

기사 조차 거만하기 짝이 없었다.

이런 곳에 와서 방이 있냐고 물어보는 것이 최소한의 예의였다.

그런데 이 자들은 일방적으로 통첩하고 있었다.

"저어, 나리들. 이렇게 작은 여관은 방이 몇 개 없습니다."

주인장이 거의 허리를 푹 숙인 채 페테르와 기사에게 말했다.

왁자지껄.

큭크크크.

하하하.

주인장의 말이 무엇이 우습다고 페테르의 주변에 있던 용병들이 일제히 웃어대기 시작했다.

주인장을 깔보는 태도였다.

그리고 페테르를 의식하는 웃음 소리였다.

"하긴 그렇지."

페테르가 1층 한구석에 앉아있는 에일레나를 힐끔 쳐다
보고는 말했다.

"방이 몇 개나 있소."

그는 마치 선심 쓴다는 표정으로 주인장에게 말했다.

"저어, 원래는 6개 있습니다만……."

주인장이 눈을 아래로 깔고는 말했다.

좀 전에 에일레나와 애버트 경을 끝으로 방이 전부 나가
씩 때문이었다.

"있습니다만?"

페테르의 기사가 불쾌한 표정으로 말했다.

"전부 꽉 찼습니다."

주인장이 심호흡을 하고는 작게 말했다.

그의 목소리만 들어도 지금 이 상황을 무척 난처하게 여
기는 것이 느껴졌다.

"뭣이라!"

기사가 소리쳤다.

"저어… 그게."

주인장이 1층 탁자에 앉아있는 사람들을 힐끔 쳐다보았
다.

오늘 묵어갈 손님들이었다.

페테르와 그의 기사, 그리고 함께 나타난 용병들은 단숨
에 상황을 파악했다.

지금 1층에서 밥을 먹거나 술을 마시고 있는 자들이 이곳의 방을 전부 차지한 셈이었다.

그들의 얼굴에는 이들만 쫓아내면 그만이지 하는 속셈이 역력하게 표정으로 드러났다.

"누가 먼저 나가겠는가!"

용병들 중 키가 거의 2m에 가까운, 거기다 체격도 산만한 자가 나서서 소리쳤다.

게다가 목소리는 또 얼마나 우렁찼는지 작은 여관이 다 흔들릴 지경이었다.

"저어…."

작은 여관에서 조용히 술을 마시고 있던 B, C급의 용병들이 부리나케 일어섰다.

그들도 지금의 이상황을 한눈에 파악할 눈치는 있었다.

그런 만큼 지금 자신들이 이런 자들과 상대해서 절대로 이길 수 없다는 것쯤은 잘 알고 있었다.

페테르가 자신의 기사에게 눈짓을 했다.

그러자 기사는 방을 양보하고 여관을 나서려고 하는 B, C급의 용병들에게 골드 한 닢씩을 주었다.

"아이고, 감사합니다."

"감사합니다."

그들은 땅에 코가 닿을 새라 허리를 숙여 연신 인사를 했다.

왁자지껄.

깔깔깔.

용병들은 그 광경을 보면서 웃어댔다.

이들에게 있어서 B, C급의 용병 따위쯤이야 사람으로 쳐주지도 않았다.

지금 페테르가 고용하고 있는 용병들은 거의 다가 S급 아니면 A급들이었다.

그런 자들인 만큼 자만심이 하늘을 찌르고 있었다.

게다가 제국 중에서도 이름 높은 벨로아 제국의, 가장 명망 높다는 가문중 하나인 드르먼 백작가의 차남이 자신들의 곁에 있으니 더욱이 기세등등한 것이었다.

"이로서 방 3개가 생겼나!"

한 용병이 진혁과 에일레나, 애버트 경 들으라는 식으로 말했다.

탕. 탕. 탕.

그들은 에일레나와 애버트 경, 그리고 진혁이 앉아있는 탁자 쪽을 향해서 일부러 바닥을 굴렀다.

"우리도 양보하겠소."

애버트 경이 자리에서 일어섰다.

에일레나도 덩달아 조용히 일어섰다.

진혁과 우연찮게 이런 곳에서 다시 마주친 것은 기뻤지만 굳이 이런 자들과 맞붙고 싶지는 않았다.

일부러 페테르를 피해서 코러스산을 하루 연기한 이들
이 아니었던가.

"잠깐."

페테르가 서둘러 나섰다.

그의 애초 목적은 에일레나였다.

그 때문에 일부러 이런 허술한 여관까지 오지 않았던가.

심지어 용병들에게 하루 일당을 거저 주는 셈이 아니던
가.

그런데 이대로 에일레나가 여관을 나가게 할 수는 없었
다.

"아가씨는 이대로 머무시지."

페테르가 거들먹거리면서 말했다.

그의 눈가에는 이미 에일레나를 향한 욕정이 가득 차 있
었다.

'저렇게 된 것이군.'

진혁은 대충 전후 상황을 이해할 수가 있었다.

그도 페테르를 알아보았다.

사실 판테온에 백 살이 되도록 살아온 진혁이 아니었던
가.

적어도 70-80년을 판테온에서 살았으니 전 대륙에 모
르는 가문이 없을 지경이었다.

'저자는 상당히 거만한 자인데.'

진혁은 코러스산에 자신을 증명코자 도전하는 귀족가의 자제들 이야기가 떠올랐다.

'용병길드에서 마주쳤겠군.'

진혁은 고개를 끄덕였다.

"필요 없소."

애버트 경이 딱 잘라 말했다.

"난 댁에게 말하지 않았는데?"

페테르가 불쾌한 기색으로 애버트 경을 바라보았다.

진혁은 잠시 고민을 했다.

하지만 이 상황을 두고만 볼 수 없다는 결론이 금방 났다.

아무리 에일레나를 내치려고 해도 이런 상황 속에서 그녀를 모른 척 할 수는 없었다.

"제가 보기엔 그쪽이 이곳에서 나가는 것이 좋겠습니다."

진혁이 술병을 내려놓고 의자에서 일어섰다.

그리고는 조용히 페테르를 향해서 말했다.

순간 페테르의 표정이 벌레 씹은 표정이 되었다.

진혁이 일부러 그를 자극한 것이었다.

아무래도 에일레나와 애버트 경의 신분상 페테르와의 전면전이 벌어지면 곤란하다.

나중이라도 말이 돌 수가 있었다.

그래서 진혁은 일부러 페테르에게 시비를 거는 쪽을 선택했다.

"넌 뭔 놈이냐?"

페테르의 기사가 소리쳤다.

"지나가는 나그네입니다."

진혁은 침착하게 말했다.

"그렇다면 그냥 지나가라. 쓸데없이 참견하지 말고."

페테르의 기사는 당장이라도 칼을 휘두를 것처럼 허리춤에 손을 갖다 대었다.

일종의 위협이었다.

참견하지 말고 이곳을 떠나라는 뜻이었다.

진혁은 그런 페테르의 기사를 무시하고 에일레나와 애버트 경을 쳐다 보았다.

"하루 1골드."

"네?"

에일레나가 진혁의 말에 반문했다.

"당신의 용병이 되겠소."

"……."

진혁의 그말에 에일레나의 얼굴에서 미소가 피어올랐다.

그녀는 애버트 경을 쳐다보았다.

애버트 경은 고개를 끄덕였다.

비록 좀 전까지 무례하게 굴던 자였지만 지금 상황에서는 이자의 손이라도 빌어야 할 형편이었다.

"좋아요."

에일레나가 명쾌하게 대답했다.

"뭐하는 짓 꺼리야!"

페테르가 세 사람의 대화를 듣고 화가 난 듯이 소리쳤다.

자신이 철저하게 무시당했다는 생각이 들었기 때문이었다.

진혁은 그런 페테르를 무시하고 에일레나에게 질문했다.

"어떻게 하시겠소?"

에일레나는 진혁의 말뜻을 알아차렸다.

"이 자가 여기에 묵는다고 하면 저는 오늘 코러스산으로 향할 거예요."

끄덕끄덕.

진혁은 고개를 끄덕이고는 다시 페테르 쪽을 향해서 몸을 돌렸다.

"들으신바와 같이 우리 일행의 뜻은 이렇소."

"뭐라고!"

페테르의 얼굴이 빨개졌다.

그옆에 있는 페테르의 호위기사까지도 분기탱천했다.

"제가 이 자를 손보겠습니다."

좀전에 제일 먼저 이들에게 위협을 가했던 거구의 용병이 말했다.

그자의 이름은 지아프였다.

S급의 용병으로 거구의 체격을 자랑하는 자였다.

게다가 그의 무기는 무게 100kg에 지름이 50cm나 나가는 쇠구슬이 달린 쇠사슬이었다.

그가 쇠사슬 잡고 돌리면 끝에 달린 쇠구슬이 지나가는 자리는 폭탄을 맞은 것처럼 박살이 났다.

지아프라는 사내는 진혁의 앞으로 한걸음 바짝 다가왔다.

그의 손에는 악명 높은 쇠사슬이 쥐어있었다.

진혁은 무덤덤한 표정으로 그를 쳐다보았다.

진혁의 뒤로 에일레나와 애버트 경은 말없이 서있었다.

"안 도와주어도 될까?"

에일레나가 애버트 경에게 속삭였다.

"괜찮을 겁니다."

애버트 경이 에일레나의 귀에 속삭였다.

확실히 애버트 경은 마스터답게 사람을 볼 줄 알았다.

시장에서야 자세히 진혁을 살피지 않았지만 이곳에 온 이후로 줄곧 그를 살펴보았다.

애버트 경은 진혁이 최소한 자신의 몸을 지킬 수 있을 정도의 자라는 것은 한눈에 간파했다.

진혁은 지아프가 보내는 경고를 무시하고 페테르에게 시선을 돌렸다.

"내가 이 자를 처치하면 물러서겠는가?"

"······."

페테르가 그런 진혁의 대담한 제안에 어이가 없는 표정을 지었다.

"감히 이분이 누구인줄 알고 그런 건방진 제안을 하는가?"

페테르의 호위기사가 발끈하고 나섰다.

"벨로아 제국의 드르먼 백작가의 차남이 아니던가?"

진혁이 냉랭한 표정으로 말했다.

그 바람에 페테르의 표정은 그야말로 똥 씹은 표정이 되었다.

단순히 용병나부랭이 정도로 취급했던 사내가 자신의 신분을 단숨에 말했다.

아니 그 정도야, 오늘 용병길드에 떠도는 소문을 듣고 말할 수는 있었다.

문제는 사내가 너무도 차분하다는 것이었다.

게다가 그의 눈빛은 모든 것을 다 집어 삼킬 듯했다.

절대로 용병나부랭이가 가질만한 눈빛은 아니었다.

페테르는 순간 심장이 덜컥했다.

이곳을 떠나기 전에 아버지 드르먼 백작의 당부가 떠올랐기 때문이었다.

판테온에서는 가끔 명문귀족이나 왕족들, 혹은 명망 높은 이름을 가진 자들이 이런저런 이유로 대륙을 여행 다니는 이들이 있었다.

대부분 그런 자들은 자신들의 신분을 쉽게 노출시키지 않았다.

드르먼 백작은 평소 아들의 건방진 태도가 염려되어 혹시라도 이런 자들을 만날까 염려되어 다짐시키고 또 다짐시켰다.

페테르는 진혁의 차분한 태도에 아버지의 다짐이 떠올랐다.

'혹시 이자가······.'

하지만 그렇다고 이대로 물러난다면 그와 함께 있는 20여 명의 용병들 앞에서 기세가 많이 꺾일 게 분명했다.

더구나 귀족체면에 이대로 물러설 수는 더욱 없었다.

"5명."

페테르는 오른손을 들어보였다.

그의 말뜻은 진혁이 5명을 전부 이긴다면 곱게 보내주겠다는 뜻이었다.

"좋다."

진혁은 고개를 끄덕였다.

그와 동시에 지아프가 쇠구슬이 달린 쇠사슬을 번쩍 들어 돌리기 시작했다.

휘이이잉슝이잉.

쇠구슬 돌아가는 소리가 상당히 위협적이었다.

판테온의 용병들 계급은 이렇다.

특S급 용병은 소드마스터에 준하는 실력을 가진 자들이다.

그 정도의 무위라면 어지간해선 어떤 왕국이건, 어떤 제국이건 가서 귀족의 작위와 영지를 부여받고 떵떵거리며 살 수 있지만 대부분 나름의 복잡한 사정들 때문에 그러지 못하는 이들 뿐이다.

그런 만큼 특S급 용병 자체는 거의 없다고 해도 과언이 아니었다.

S급 용병은 소드 익스퍼트에 준하는 자들이다.

검기를 발출할 순 없으나 마나를 이용해 검 끝에 또다른 검날을 만들어 낼 수 있다.

용병길드의 이름이 날리려면 이러한 S급 용병을 몇 명이나 보유하고 있느냐에 성패가 갈릴 정도로 이들의 수 역시 그다지 많지 않다.

A급 용병은 B급 용병은 소드 유저에 준하는 자들이다.

다만 이 경지에서는 마나를 얼마나 다룰 수 있는지에 따라서 굉장한 차이가 난다.

용병들 사이에서도 각 계급간에 편차가 굉장히 심하다.

진혁은 지아프가 히죽히죽 웃으면서 쇠구슬을 돌리는 모습을 침착하게 지켜보았다.

이제는 S급 용병이다.

이 자가 마음만 먹으면 쇠구슬이 아니라 허리춤에 차고 있는 검에 검기를 입혀서 휘두르면 이 조그만 선술집은 그 자리에서 박살날게 뻔하다.

그런 자가 자신의 실력을 뽐내지 않고 쇠구슬을 돌리는 이유는 두 가지 였다.

진혁을 언제든지 박살낼 수 있다는 표시였다.

또한, 판테온에서 손꼽히는 강국인 벨로아 제국에서도 힘 있다는 드르먼 백작가를 의식해서일 것이었다.

페테르라는 드르먼 백작의 차남 자체는 그다지 대단한 존재는 아니였다.

하지만 그가 오늘 용병길드에서 S급 용병들을 전부 휩쓸고 온 것을 보면 드르먼 백작가에서도 이번 일에 페테르를 전폭적으로 지원해주고 있다는 것을 알 수가 있었다.

진혁은 이들이 여관에 들어섰을 때, 페테르 주변의 용병들중 S급 용병이 상당하다는 것을 어림진작으로 알 수가 있었다.

'그나마 마법사가 5서클인 게 다행이었다.'

시욱은 페테르의 뒤에 서있는 마법사의 위치를 확인했다.

사실 페테르가 코러스산의 호수를 가자고 집안에 있는 5서클 마법사를 데려온 것도 대단한 일이었다.

어쨌거나 페테르는 이 작은 여관, 그보다는 에일레나에게 목적이 있어 보였다.

확실히 그의 눈에 어른거리는 것은 욕정이었다.

그는 아예 진혁과 지아프 쪽을 쳐다보고 있지도 않았다.

이미 끝난 승부라고 생각해서일까.

아니면 에일레나가 소란스러운 틈에 사라질까봐 감시하는 걸까.

아마도 후자일 것이다.

진혁은 단 한순간에 이들의 상황을 전부 간파했다.

'새도우 하이드.'

진혁은 그림자 숨기라는 마법을 시현했다.

7서클의 깨달음을 구하기 위해서 판테온을 방랑하는 그가 이 자들을 상대하는 것은 어려운 일이 아니었다.

진혁의 모습이 사라지자 여관 안에 있던 자들 사이에서 웅성거림이 일어났다.

'마법사였어!'

지아프의 눈이 등잔만하게 휘둥그레졌다.

하지만 이내 그의 육중한 몸은 바닥에 고꾸라졌다.

진혁이 지아프의 그림자를 타고 그를 기절시켰다.

그뿐이 아니다.

진혁은 재빠르게 페테르 주변에 있던 용병들의 그림자 속으로 빠르게 움직였다.

아주 순식간에 용병들이 하나 둘씩, 바닥에 고꾸라지기 시작했다. 마치 무슨 도미노처럼 말이었다.

상대가 보이지 않으니 손 쓸 도리가 없었다.

이 모든 일이 워낙 불시에, 순식간에 이루어졌다.

생각지도 못한 상대에게 제대로 당한 셈이었다.

페테르의 뒤에 있던 마법사가 재빨리 마법을 시현하려고 했지만 어쩐 일인지 그의 마법이 들지 않았다.

'나보다 높은 서클을 가진 자이다.'

그의 얼굴이 새파래졌다.

이런 하찮은 동네에 5서클 보다 더 높은 서클의 마법사가 나타나다니.

페테르는 자신이 대동하고 온 마법사의 질린 표정을 읽고 상황을 깨달았다.

그 자리에서 놀란 것은 이들뿐만이 아니었다.

에일레나와 애버트 경도 마찬가지였다.

진혁과의 첫 만남이 어떠했는가.

시장 구석진 곳에서 거의 눕다시피 하고 있던 초라한 사내.

에일레나의 이쁜 얼굴이 상기되었다.

자신이 사람을 제대로 본 것이었다.

"거봐, 뭔가 한 수 있는 자이지?"

그녀는 애버트 경을 보면서 의기양양하게 한마디 했다.

"인정합니다."

애버트 경이 미소를 띠면서 고개를 끄덕였다.

쉬익!

어느새 진혁이 페테르의 눈앞에서 자신의 모습을 드러냈다.

"이크, 5명만 쓰러트려야 했는데."

진혁의 한쪽 입꼬리가 씨익 올라섰다.

페테르의 얼굴은 그야말로 창백해졌다.

지금 그의 눈에는 진혁이 무슨 악마처럼 보였다.

하지만 다음 순간 페테르의 머리는 빠르게 돌아갔다.

'이 자만 대동할 수 있다면.'

페테르는 침을 꼴깍 삼켰다.

"……공의 정체가 어떻게 되십니까?"

그는 귀족 체면도 버리고 진혁에게 굽신거렸다.

"지나가는 나그네입니다."

"농담이 과하신 것 같습니다. 무례를 용서해 주셨으면 합니다."

"저에게는 용서할 권한이 없는 것 같습니다."

진혁이 무표정하게 말했다.

"하오면?"

페테르는 순간 간담이 서늘해졌다.

지금 그는 자신의 아버지 앞에서를 제외하고 보면, 일생일대 처음으로 맞는 비굴한 자세였다.

본능적으로 그의 어깨가 부들부들 떨려왔다.

애써 그는 자존심을 누르고 있는 듯 보였다.

"여기 계신 숙녀분께서 용서를 하신다면 이번 일은 없던 것으로 하겠습니다."

진혁은 에일레나를 향해 말했다.

페테르는 자신도 모르게 두 눈을 감았다.

그리고 애써 자신을 다독거렸다.

'그래, 여자 하나에 이런 마법사를 놓칠 수야 없지.'

페테르는 자신의 형과 아버지를 떠올렸다.

아버지는 형에게 모든 것을 물려줄 것이다.

하지만 차남인 그에게 아직 기회는 있었다.

형인 조세프의 심신이 결정적으로 약했다.

몸도 몸이지만 마음도 약해서 영지민들을 제대로 다스릴 수나 있을지 의심스러울 지경이었다.

게다가 착해도 너무 착했다. 불쌍한 사람만 보면 얼마나 착한지 간이고 쓸개고 다 빼줄 기세였다.

페테르는 자신이 코러스산의 엘호수에 가서 아켄스톤만 가져온다면 아버지의 인정을 받게 될 것이라는 것을 잘 알고 있었다.

아버지도 페테르가 코러스산에 가서 반드시 아켄스톤을 가져오기를 바라신다.

대외적인 명분이 필요하기 때문이었다.

장남을 후계자로 내치는 일에는 남들의 이목도 피해갈 수 없기 때문이었다.

그래서 이번 일에 페테르에게 은밀하게 상당한 골드를 보내주셨다.

그런데 그 골드로 사들인 S급 용병과 A급 용병들이 죄다 단 한 사내에 의해서 바닥에 쓰러졌다.

그것도 한순간에 말이었다.

그러니 이 사내를 놓쳐서는 절대 안 된다.

지금 이 순간, 한 번의 굴욕을 감내하면 자신의 한 평생을 통틀어 커다란 힘이 되어 줄 가신을 얻게 될지도 모른다.

그는 여자의 앞에서 진심으로 미안할 얼굴을 하고선 가

볍게 허리를 숙였다. 가슴 속 깊숙한 곳에선 천하디 천한
것에게 허리를 숙이게 되었다는 사실에 분노가 치밀어 올
랐지만 그는 그것을 꾹 내리눌렀다.

미래를 위함이다.

평생을 위함이다.

이 자를 자신의 사람으로 얻을 수만 있다면,

이 정도의 굴욕은 얼마든지 감내할 수가 있었다.

"무례를 용서하십시오, 레이디."

페테르는 나오지 않는 목소리를 쥐어짜며 에일레나에게
말했다.

"용서해드리지요."

에일레나는 흔쾌히 페테르의 말에 대답했다.

그리고서는 애버트 경을 향해서 눈짓을 했다.

"약속한 대로 저희가 먼저 코러스산을 오르겠습니다.
오늘 이곳에서 푹 쉬다가 내일 오시지요."

에일레나의 신호를 받은 애버트 경이 페테르에게 냉랭
한 어조로 말했다.

"그, 그러지요. 먼저 오르십시오."

페테르는 낙원여관 출입구 쪽에서 한 걸음 옆으로 비켜
섰다.

에일레나와 애버트 경이 진혁을 향해서 살짝 고개를 숙
였다.

감사의 의미였다.

두 사람은 쓰러져 있는 사람들을 피하면서 낙원여관 출입구 쪽으로 걸어갔다.

우뚝.

에일레나가 걸음을 멈추었다.

그녀는 진혁이 있는 쪽을 향해서 돌아섰다.

"같이 안 가실래요?"

진혁의 얼굴에서 미소가 피어올랐다.

오늘 이곳에서 머물러봐야 오만한 인간에게 밤새 시달릴게 뻔했다.

그럴 바엔 에일레나와 함께 코러스산을 가는 것이 낫다고 판단했다.

일단 이곳을 빠져나가는 것이 중요했다.

"1골드."

진혁이 짧게 말했다.

페테르는 순간 멍한 표정으로 뭐라 말하려고 했다.

하지만 진혁이 노려보자 입을 뗄 수가 없었다.

"여기 있소."

에일레나가 품에서 1골드를 꺼내 진혁에게 던졌다.

진혁은 그것을 받아 쥐고서는 낙원여관 주인장에서 섰다.

"오늘 일어난 소란의 대가입니다."

"당치않으십니다."

주인장이 손을 내저었다.

진혁이 벌인 일이 아니라는 것은 그도 똑똑히 알고 있었다.

아니 오히려 크게 벌어질 수 있던 일을 진혁이 단 한순간에 해결하지 않았는가.

"어쨌거나 저 아가씨를 제가 쫓아버렸으니 매상에서 손해가 생길 겁니다. 저 양반들도 여기에 머무르려고 하지 않을 것 같은데."

진혁은 그러면서 억지로 낙원여관 주인장의 손에 골드를 쥐어주었다.

"언, 언제든지 오십시오."

주인장의 얼굴에서 감격스런 빛이 떠올랐다.

사내의 배려가 참으로 깊었기 때문이었다.

진혁은 별거 아니란 식으로 어깨를 한번 으쓱했다. 그리고는 에일레나가 있는 쪽을 향해서 성큼성큼 걸었다.

"저, 저기. 제 용병……."

페테르는 억지로 쥐어짜듯이 진혁의 등에 대고 말했다.

어떻게서든지 놓쳐서는 절대 안 되었기 때문이었다.

"방금 저는 고용됐습니다. 고용기간에는 다른 계약을 하면 안되지요."

진혁은 단호한 어조로 말했다.

그리고는 유유하게 밖으로 향해 나가버렸다.

"……."

졸지에 낙동강 오리알이 된 것은 페테르였다.

"이, 이봐들. 일어나… 일어나라고."

그는 안절부절하면서 누워있는 자들을 흔들었다.

하지만 이들이 쉽게 깨워날리는 없었다.

그는 어쩔 줄을 모르고 당황했다.

가신도 없이, 용병들도 없이 떠날 수는 없다.

하지만 단 한순간에 쓰러진 용병들과 가신, 마법사 따위를 대동하고 코러스산에 오르는 것이 무슨 의미가 있을까.

평소 무례하고 거들먹거리는 페레스였지만 그 정도의 셈은 할 줄 알았다.

후다다다닥.

그는 누워있는 가신들의 품 속에 있는 짐들을 마구잡이로 헤집었다.

"잠, 잠시만 기다려주십시오!"

물론 출입구를 향해서 외치는 것도 잊지 않았다.

지체할 수가 없었다.

그는 결국 되는대로 짐들을 들고 낙원여관 밖으로 뛰쳐나갔다.

어느새 에일레나, 애버트 경 그리고 진혁이 저만치 걸어가는 것이 보였다.

"기, 기다려 주오!"

페레스는 허둥지둥 그 뒤를 쫓아갔다.

"어떻게든 해봐요."

에일레나가 진혁에게 말했다.

뒤쫓아 오는 페레스를 두고 하는 말이었다.

그녀의 입장에서는 페레스가 꺼림칙스러웠다.

애초에 엮이지 않으려고 코러스산 일정도 하루 늦추려고 했던게 아닌가.

그런데 자신의 뒤를 쫓아오니 이만저만 신경이 쓰이는 것이 아니었다.

"뭐, 제풀에 떨어져 나가겠죠."

진혁이 무덤덤하게 말했다.

그는 에일레나의 사정을 알고는 있었다.

아무래도 벨로아 제국의 귀족자제와 엮이는 것이 카라만 제국, 아니 아직 왕국인 카라만이 얽히는 것은 그다지 좋지 못하다는 것을 말이었다.

이제 제국으로 발돋음 하려는 카라만 왕국을 벨로아 제국에서 심하게 견제하고 있기 때문이었다.

진혁은 에일레나 여제의 이번 여정 목적은 훤히 알고 있었다.

그럴 수밖에.

과거 그 여정에 동참해서 몇 십 년 동안 열리지 않던 코러스산의 엘 호수를 들어가게 되었으니깐 말이었다.

그로 인해서 에일레나가 과거 카라만제국의 영지였던 악코륜류, 트레비존드 왕국을 통합시킬 수가 있었기 때문이었다.

물론 진혁은 이때 7서클의 깨달음을 얻었었다.

'저 자를 쫓아내?'

진혁은 뒤를 힐끔 돌아보았다.

페테르가 귀족체면은 아예 벗어던지고 짐까지 들고 허둥지둥 자신들의 뒤를 쫓아오는 것이 보였다.

'훗.'

진혁은 자신도 모르게 웃음이 나왔다.

과거 페테르의 모습을 잘알고 있기 때문이었다.

오만방자한 드르먼 백작가의 차남.

단지 그것뿐이었다.

그런데 그의 모습에서 의외의 면을 보았다.

'어쩌면 저 자에게도 이번 일이 새로운 기회가 될지도 모르지.'

진혁은 생각했다.

자신은 지금 에일레나와의 과거 인연을 끊으려고 노력 중이었다.

그럼에도 불구하고 결국 코러스산 원정에 합류하긴 했다.

하지만 변수는 끊임없이 생기는 법이었다.

아니 변수를 만들어야 한다.

그렇다고 카라만 왕국이 제국으로 발돋움 하려는 중요한 시기에 초를 치겠다는 것은 아니었다.

지금 페테르에게 보인 의외의 면을 잘 활용한다면.

어쩌면 에일레나가 벨로아 제국에서 보낸 자객에게 죽지 않고 살아남을 수가 있지 않았을까.

이것은 운명이 준 퍼즐조각이다.

진혁은 순간 머릿속이 복잡해졌다.

하지만 그의 가슴은 페테르를 일행으로 동참시키라고 알리고 있었다.

망설이는 진혁의 모습에 애버트 경이 한마디 했다.

"저런 자랑 같이 가야 이득 될 것도 없소."

"과연 그럴까요?"

진혁은 그의 말에 자신도 모르게 반박하면서 말을 이었다.

"산 정상까지 가려면 한 사람이라도 손을 모아야하는데, 두 분은 저 사람을 심하게 경계하는 눈치를 보이는 군요. 어차피 제가 상관할 일은 아니지만, 저 자를 데려간다면 저 자의 용병들도 깨어나는 대로 따라올 겁니다. 엘호수를 진심으로 가고 싶다면 저 자의 일행이 필요할지도 모릅니다."

"······."

진혁의 말에 에일레나와 애버트경은 서로의 눈치를 살폈다.

진혁의 말이 아주 틀린 것도 아니기 때문이었다.

그간 엘 호수에 들어가기 위해서 군대까지 동원된 적이 한 두 번이 아니지 않은가.

벌레가 무섭다고 해서 피할 일은 애초에 아니었다.

"제 생각이 짧았군요."

이윽고 결심한 듯, 에일레나가 고개를 끄덕이면서 말했다.

그 말을 신호로 세 사람은 동시에 우뚝 섰다.

그 광경을 보고 페테르는 신나서 세사람에게 뛰어왔다.

그렇게 에일레나와 애버트 경, 진혁과 페테르 네 사람의 코러스산 엘호수의 원정이 시작되었다.

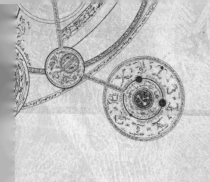

Return of the Meister

NEO MODERN FANTASY STORY

5. 코러스산을 향하여

5. 코러스산을 향하여

Return of the Meister

드르렁 드르르렁.

드렁드렁.

낙원여관의 1층에는 진혁이 잠들게 만든 용병들과 페테르 드르먼의 가신들이 내뿜는 코골이 소리로 진동했다.

"아함 오랜만에 잘 잤다."

지아프가 두 팔을 쭈욱 벌리면서 크게 하품을 했다.

"으으윽, 좋은 아침!"

그 옆에 사이좋게 누워있던 잭슨도 거의 동시에 일어났었는지 기지개를 펴면서 인사를 건넸다.

두 사람은 이미 오래전부터 용병 을 함께 다니고 있었기 때문이었다.

멈칫.

순간 두 사람은 서로의 얼굴을 쳐다보았다.

그리고는 주위를 두리번 거렸다.

"……."

"……."

두 사람의 얼굴이 동시에 꺼매졌다.

"주인장! 주인장!"

"주인장!"

두 사람은 동시에 고함을 쳤다.

"역시 S급 용병이십니다. 두 분이 제일 먼저 일어나시네요."

낙원여관 주인장이 기다렸다는 듯이 나타나 두 사람의 비위를 맞추려는 듯이 굽신 거리며 말했다.

아무래도 이런 작은 여관에, 용병들이 어제의 일을 떠올리고 화풀이라도 하는 날에는 큰일이니깐 말이었다.

"페테르님은 어디 가셨소?"

"어제 그 분들 뒤를 따라가셨습니다."

"그 분들?"

지아프가 얼굴을 실룩이며 말했다.

"여자 분과 함께 오신 남자 두 분이요."

낙원여관 주인은 진혁도 처음부터 에일레나의 일행인 것처럼 살짝 뭉그러트려 말했다.

"제길."

잭슨도 덩달아 인상을 찌푸렸다.

페테르가 지불한 골드 때문이었다.

그들은 통상 받는 용병비보다 두 배를 더 지불한 페테르의 얼굴이 어른거렸다.

요즘같이 경기가 어려운 때에 제 값을 지불하는 귀족을 만나기도 어려운 판국이었다.

그런데 그 두 배라니.

"어떻게 하지?"

"글쎄."

지아프와 잭슨은 서로의 얼굴을 쳐다보고 여전히 코를 골며 잠들어있는 사람들을 쳐다보았다.

낙원여관 1층은 잠들어있는 사람들과 꽉 찼다.

주인장이 이미 식탁과 의자를 치워놨는지 홀에는 빼곡히 잠들어있는 사람들만 있었다.

"혹시 그 분이 남긴 말 없소?"

지아프가 일말의 희망을 가지고 주인장에게 물었다.

"딱히 남긴 말은 없습니다. 그런데 저 분들은 그 분의 가신 아닙니까?"

주인장이 손가락으로 페테르의 가신들을 가리켰다.

동시에 두 사람의 머리는 그쪽으로 돌아갔다.

낙원여관 홀의 한쪽 구석에는 페테르가 데려온 기사 5

명과 마법사가 누워있었다.

드르면 백작이 장남을 의식해서 차남인 페테르에게 대놓고 기사들을 많이 딸려 보내지 못했다.

코러스산자락 밑에는 용병길드가 많이 발달해 있었다.

누구나 코러스산 정상에 있는 엘호수에 들어가기를 원한다.

그곳에만 있다던 전설의 아케스톤만 가지고 온다면 단숨에 대륙에서 이름을 떨칠 수 있는 가장 빠른 지름길이었기 때문이었다.

하지만 엘호수 자체만 해도 몇 십 년 동안 단 한 번도 사람의 손길을 허락하지 않았다.

더구나 아켄스톤이 사람의 손에 들어간 것은 거의 백년도 더 된 일이었다.

엘호수 안에 있다던 아켄스톤은 그곳에서 보자면 돌멩이에 불과하다.

하지만 그 돌멩이는 쉽게 모습을 드러내지 않았다.

마치 살아있는 생물처럼 말이었다.

혹자는 아켄스톤의 안에서 정령들이 태어난다고 했다.

어떤 자들은 정령들이 태어나고 남은 껍질이라고도 했다.

어쨌거나 아켄스톤 하나의 가치는 엄청났다.

일종의 힐링포션을 반영구적으로 항상 가지고 다니는

것과 마찬가지였다.

게다가 운이 좋으면 정령이 따라붙기도 했다.

그런 면에서 아켄스톤에 대한 일화는 거의 정설인 듯 싶었다.

정령과 반영구적 힐링포션을 동시에 손에 넣을 수 있는 아켄스톤에 대한 가치는 판테온 대륙에 사는 사람들의 이목을 집중시켰다.

누구나 아켄스톤을 손에 넣기 원했다.

하지만 손에 넣고 싶다고 넣을 수 있는 물건이 아니었다.

그 점이 사람들을 자극했다.

세월이 흐르면서 자연스럽게 아켄스톤에 대한 가치부여가 엄청나게 증폭되었다.

자연히 어느 순간부터 아켄스톤을 엘호수에 들어가서 얻는 자는 판테온 세계의 최강자로 등극할 것이란 공식이 생겨났다.

그 이후 각 왕들과 왕족들, 귀족들 뿐만 아니라 기사라던지 운명을 바꾸고자 하는 용기 있는 평민들까지도 아켄스톤을 얻기 위해서 코러스산 엘호수에 도전했다.

하지만 어느 순간부터 엘호수는 아예 인간들을 들이지 않고 있었다.

사람들은 꾸준히 도전했다.

그러다보니 시간이 흘러 코러스산 자락에는 용병길드가 생겨나기 시작했다.

우후죽순으로 말이었다.

한참 전성기 때는 수 십 개의 용병길드가 있을 정도였다.

백 개가 넘었다고 부풀려 말하는 사람들도 있을 정도니깐 말이었다.

어쨌거나 용병길드가 많다는 것은 용병들이 몰려있다는 소리였다.

한마디로 용병천국이었다.

하지만 페테르가 도전하는 지금은 판테온 세계의 상황이 좋지 못했다.

코러스산 주변의 왕국에서 전염병이 돌았기 때문이었다.

그러다보니 예전처럼 코러스산에 들어가려는 사람들의 수도 확 줄었다.

자연히 길드의 수도 급감했다.

하지만 용병들 수가 확 줄어든 것은 아니었다.

지금 판테온의 각 나라들은 안정기에 들어서있다.

즉, 제국과 왕국, 왕국과 왕국 등 간에 전쟁이 일어나는 것이 없었다.

물론 영주들끼리 일어나는 소규모 분쟁은 있었다.

그러다보니 코러스산을 원정하려는 이들을 가이드 하는 용병들 쪽이 일거리가 더 많은 셈이었다.

자연스럽게 용병들이 이곳으로 계속 몰리고 있었다.

당연히 용병들 간에 경쟁도 치열한 셈이었다.

예전 같으면 2골드 받을 것을 1골드 받는다거나 했을 것이다.

페테르는 어리석게도 그런 사정을 몰랐다.

애초에 남의 일이나 세상사 돌아가는 것조차 잘 몰랐다.

그저 백작가의 자제로, 금 수저를 물고 태어나 큰소리치고 약자 앞에서 으스대는 것과 사람들이 자신을 떠받들어주는 것만 좋아했다.

이곳에 도착해서 노련한 용병들이 자신을 떠받들어주자 호기롭게 2배의 골드를 지급한 것이다.

한마디로 페테르는 용병들의 물주인 셈이었다.

그러니 페테르를 놓쳐서는 결코 안 된다.

지아프와 잭슨은 누구라고 할 것도 없이 기사들에게 달려갔다.

짝짝짝.

"경들, 경들! 일어나 보쇼."

지아프와 잭슨은 손에 닿는 대로 기사들의 어깨를 흔들었다.

그 바람에 기사들 뿐 아니라 널브러져 자고 있던 용병들까지 일제히 깨어났다.

"무슨 소란이야!"

"아우우웅, 잘 자고 있……어?"

"이크!"

잠에서 깨어난 용병들의 반응은 제 각각이었다.

아직 사태를 못 차리는 용병이 있는 가하면 상황을 재빠르게 깨닫는 용병들도 있었다.

그러니 페테르의 기자들과 마법사의 표정은 하나같이 하얗게 질렸다.

"공자께서는 어디로 가셨지?"

한 기사가 지아프의 멱살을 쥐고 말했다.

"다 같은 처지에 이러지 맙시다."

잭슨이 옆에서 말렸다.

"다 같은 처지?"

지아프의 멱살을 잡은 기사의 얼굴에서 순간 절망의 빛이 떠올랐다.

공자의 곁을 한시라도 떨어져서는 안 된다는 드르먼 백작의 엄명이 아니더라도 기사의 본분을 먹칠한 상황이었기 때문이었다.

"이런 용병 나부랭이들과 입씨름 할 때가 아니오, 어서 공자를 뒤쫓아 갑시다."

다른 기사가 냉랭한 어투로 말했다.

그때, 용병 계에서 말 잘하기로 유명한 랄프라는 용병이
끼어들었다.

사실 그는 A급 용병이지만 실력은 B급 용병에 가까웠
다. 그런데도 A급 대우를 받는 것이 바로 새치혀 때문이었
다.

임기응변은 때로 싸움터에서 매우 중요한 변수로 작용
하니깐 말이었다.

그는 기사들과 S급 용병들 앞에서 굽신 거리는 태도를
보였다.

일단은 체면과 명예를 쫓는 사람들 앞에서는 그런 대우
를 해주면 경계심이 다소 사라지기 때문이었다.

"제가 방금 주인장에게 확인해보았습니다. 어제 그 남
녀 분 일행을 쫓아 같이 코러스산으로 향하셨답니다."

"그러니 우리는 공자를 쫓아갈 것이다. 너희들과 입씨
름하면서 여기에 있을 때가 아니다."

빈센트라는 기사가 말했다.

그는 용병들에게 2배의 비용을 지불했던 페테르가 어제
부터 걱정되었다.

그리고 지금 이들의 속내도 간파하고 있었다.

그래서 아예 이들이 따라오지 못하도록 하기 위해서 냉
랭한 어투와 그들과의 선을 그어놓고 있었다.

"어제 그분의 실력 보셨잖습니까?"

"뭣이라?"

랄프가 빈센트의 기분을 거슬렀다.

랄프는 속으로 씨익 웃었다.

"나리, 노여워만 하지 마시고 제 얘기를 들어보십시
오."

"……"

"어제 그분의 실력으로 보아 지금쯤이면 코러스산 아크
아 경계선에 다다랐을 겁니다. 나리들 실력을 의심하는 것
은 절대 아닙니다. 지금 나리들만 그곳으로 향하신다면 이
삼일은 족히 걸립니다. 발걸음의 문제가 아니라 그곳에 있
는 몬스터들 때문이죠. 저희와 함께 가신다면 하루면 그분
들과 만날 수 있을 겁니다. 한시라도 빨리 페테르 공자와
만나셔야 하지 않겠습니까?"

랄프가 기사들에게 굽신굽신 되면서도 또박또박 할 말
을 했다.

"……"

그의 말에 기사들은 할 말을 잃었다.

랄프의 말이 백번 옳았기 때문이었다.

자신들의 일행이라곤 고작 기사 다섯에 5서클 마법사
한명 뿐이지 않는가.

하루라도 빨리 페테르를 만나야 하는 것이 중요했다.

결국 기사들을 지휘하는 빈센트가 용병일행에게 말했다.

"좋다, 페테르 공자를 만날 때까지 너희들의 고용은 유효한 것으로 하겠다. 그 이후 계속 고용할지 말지의 여부는 공자의 의견에 따르겠다. 그 때 너희들이 항변하지 않는다는 것을 전제로 삼겠다."

빈센트의 말이 떨어지자 용병들의 얼굴에서 환한 빛이 떠올랐다.

일단 급한 불은 끈 셈이었다.

요즘 같은 불경기에 하루 이틀 용병비만 해도 몇 달은, 아니 몇 년은 그럭저럭 먹고 살만하니깐 말이었다.

"좋소!"

지아프의 말에 여기저기 동의하는 소리가 용병들 사이에서 터져 나왔다.

❖

아크아 경계선.

"파이어토네이도!"

진혁은 다급하게 소리쳤다.

화르르륵.

거대한 화염이 그의 앞에 새까맣게 몰린 고블린에게로 덮쳐 갔다.

연신 그의 주변엔 에일레나와 애버트 경이 휘두르는 칼 소리와 고블린들의 비명소리로 난무했다.

페테르가 고블린들 앞에서 제일 고전을 했다.

하지만 어디서 이렇게 많은 고블린들이 있을까 싶을 정 도로 끝없이 꾸역꾸역 고블린들이 몰려왔다.

고블린은 작은 키에 매부리코, 게다가 독이나 독침, 작 은 단검까지 쓸 줄 안다.

그리고 단체를 이루고 있기 때문에 이들이 작심하고 덤 빈다면 만만하게 볼 상대가 절대 아니었다.

게다가 어디서 이렇게 많은 고블린들이 있는지.

진혁도 놀랄 수 밖에 없었다.

'그 때보다 두 세 배는 넘겠는데.'

진혁은 눈썹을 찡그리며 고블린의 수를 대충 어림해보 았다.

코러스산은 과거 한번 에일레나와 함께 동행했다.

몬스터들과 싸우면서 점점 그들의 사랑은 깊어만 갔다.

그런데 지금은 그때와 모든 것에서 같은 듯 하면서도 확 연히 달랐다.

아크아 경계선까지 올라오는데 만난 오크나 고블린, 슬 라임, 와이번까지 그 수가 너무 많았다.

과거 만났던 그들이지만 그 수가 몇 배가 더 많은 셈이 었다.

그 만큼 마법사인 진혁으로서 마나의 양이 현격하게 줄기 시작했다.

"쉴드!"

진혁은 페테르에게 독침을 날리는 고블린을 보고 순간 쉴드를 가동시켜 그의 주변을 감싸았다.

"고, 고맙소."

페테르의 얼굴이 빨개지면서 말했다.

"인사는 여기를 통과한 다음에 하지."

진혁은 무덤덤하게 말하고는 이내 눈앞의 고블린들에게 집중했다.

위익!

페테르에게 독침을 날리던 고블린이 허공에 대고 무슨 소리를 외쳤다.

순간 동시에 모든 고블린이 진혁과 에일레나, 애버트 경과 페테르에게 독침을 날렸다.

쉬이익!

훅!

으악!

캉, 캉!

에일레나가 비명에 가깝게 지르면서 칼을 휘둘렀지만 역부족이었다.

부웅.

그녀의 앞에 진혁이 시현한 쉴드가 순식간에 쳐졌다.

후두두둑.

엄청난 수의 독침이 쉴드 앞에서 맥없이 떨어졌다.

쉴드 앞은 온통 독침 투성이었다.

에일레나는 뒤를 돌아보면 진혁에게 고개를 끄덕였다.

진혁은 주변을 보면서 상황을 점검했다.

애버트 경은 이미 오라를 내뿜고 있었다.

그의 오라가 분출될 때마다 주변의 고블린들이 초토화되고 있었다.

하지만 그도 꾸역꾸역 밀려드는 고블린들의 수에 지치고 있었다.

그래도 이 싸움에서 진혁과 애버트 경만이 제 한 몸을 지킬 수 있는 실력이 있는 셈이었다.

'제길.'

진혁의 얼굴은 점점 구겨졌다.

❖

"샌드 스톰!"

진혁은 마법을 시현하면서 온 몸의 힘과 마나를 끌어 올렸다.

보통 6서클 토네이도 진동마법이 약하게 땅에 전개되면

서 모래 토네이도가 형성되어 강력한 바람과 시야 방해를 한다.

주로 시전자의 마나의 순수도와 서클 수에 따라서 그 위력이 상당히 격차가 있다.

7서클의 깨달음을 구하고 있던 당시의 마법사로 되돌아온 진혁으로서는 최소 6서클 여타의 마법사 보다는 강했다.

우우우우.

휘이이이이잉.

한줄기의 바람이 두 줄기가 되고, 세 줄기가 되면서 점점 강력한 바람이 불면서 땅위로 솟구쳤다.

으아아악!

컥!

쉴드 조차 흔들거릴 정도다.

그러니 쉴드가 없는 고블린들에겐 지옥의 맛이었다.

쑤오아아아아악.

쏴악!

땅위에 있던 흙들이 토네이도에 강력하게 빨려 들어가 허공으로 뜬다.

순식간이었다.

"······."

"······."

에일레나는 시야를 가리는 거대한 흙먼지 속에 눈을 찡그리면서 앞을 주시하고 있었다.

쉴드 안이어서 안전하겠지만 그래도 언제 변수가 생길지 모르니깐 말이었다.

싸아아악.

뚝.

주위가 조용해졌다.

고블린의 비명소리도,

바람의 거친 소리도.

후두두둑 떨어지던 흙과 돌멩이들도….

그리고 네 사람 앞에는 거대한 흙무덤이 드러났다.

그렇게 개미처럼 많던 고블린들이 한순간에 흙더미에 눌러 죽은 것이었다.

"히야."

애버트 경 조차 자신도 모르게 감탄사를 냈다.

그는 진혁이 6서클 마법사가 아니라 7서클 정도는 되지 않을까 의심할 지경이었다.

소드마스터인 자신의 오라로도 전부 처리할 수 없던 모래알보다 많을 것 같던 고블린들을 해치웠기 때문이었다.

덜덜덜.

페테르는 그 광경을 보고 입을 딱 벌렸다.

아니 떨고 있었다.

자신이 진혁에게 시비를 걸었던 사실을 기억하고는 말이었다.

괴물이다.

'영지에 돌아가면 마법사들부터 모아야겠다.'

그때 페테르는 결심했다.

기사들도 그의 주변에 많으면 많을수록 좋겠지만 한 명의 마법사가 보여주는 위력을 절실하게 깨 달았기 때문이었다.

"얼른 이곳을 벗어납시다."

진혁이 손가락으로 거대한 흙더미를 가리키면서 말했다.

"왜죠?"

에일레나가 물었다.

"이 녀석들 조금 있으면 깨어날 겁니다."

진혁이 씨익 웃었다.

순간 세 사람은 거대한 흙더미를 보았다.

꿈틀꿈틀.

거대한 흙더미 속에서 여기저기 꿈틀꿈틀 거리는 것이 보였다.

"쟤들은 흙더미 속에 깔린다고 바로 죽을 몬스터들은 아니니깐."

진혁이 말했다.

그와 동시에 세 사람은 부리나케 뛰기 시작했다.

그 뒤를 진혁이 뛰어갔다.

휘익.

휙.

휙.

웬지 기분이 좋다.

곧 고블린들이 쫓아올 수도 있다.

아닐 수도 있고 말이다.

그런데 이렇게 달려가는 것이 여유롭고 기분이 좋게 느껴지는 것은 왜일까?

진혁은 옆을 슬쩍 바라보았다.

어느새 에일레나가 뒤쳐져 진혁의 옆에서 함께 달리고 있었기 때문이었다.

고의적일지도 모르겠다.

에일레나의 옆모습이 진혁의 가슴을 설레게 했다.

예나 지금이나 그녀의 모습은 그를 살아있다는 느낌을 받게 한다.

기분이 좋다.

너무 좋다.

하하하하하.

거대한 흙더미에 갇혀있는 새까만 개미떼처럼 많은 고블린들이 언제 쫓아올 지도 모르는 판국에 진혁이 웃는다.

그것도 아주 크게 말이었다.

고개를 정신없이 말이었다.

하하하하하.

진혁의 웃음소리에 에일레나가 힐끔 쳐다본다.

앞서 뛰던 애버트 경도 마찬가지였다.

뒤를 바짝 쫓아오던 페테르는 의아한 표정을 짓는다.

하지만 이내 자신들의 뛰는 폼이.

우스꽝스럽다는 것을 깨닫고 다들 따라 웃기 시작했다.

하하하하하하.

호호호호.

히히흐흐흐흐.

허허허허.

네 사람의 웃음소리는 숲속에 울려 퍼졌다.

하지만 그들은 여전히 달렸다.

넋 나갔듯이 웃는 자신들의 웃음소리를 듣고 고블린들
이 제대로 쫓아올지도 모르겠다.

그런데 웃기다.

한 번 웃기 시작하니깐 왜 웃고 있는지 모를 정도로 웃
음이 났다.

어쩌면 지금 이러고 있는 자신들의 모양이 우스워서일
것이었다.

호록호록.

지구의 올빼미처럼 비슷하게 생긴 새가 운다.

뚜뚜뚜뚜.

귀뚜라미과처럼 생긴 벌레도 여기 저기 숲속에서 울고 있었다.

애버트 경은 마법사가 준비해준 아공간 주머니에서 육포등 간단한 먹거리를 꺼내왔다.

그는 에일레나에게 먼저 육포와 빵을 내밀었다.

그런 다음 진혁에게 권했다.

"고맙소."

진혁은 목례를 한 다음 육포와 빵을 받아 들였다.

애버트 경은 페테르를 흘끔 쳐다보았다.

"난 그런 싸구려 육포나 빵 따위는 필요 없소."

페테르는 애버트 경의 시선을 느끼고는 손사래를 쳤다.

아무래도 에일레나와 애버트 경의 수수한 옷차림새 때문에 아직까지도 그들의 신분에 대해서 오해하고 있었다.

사실 육포와 빵맛은 기가 막혔다.

마법사가 아공간 주머니 안에 궁정요리사로부터 받은 최고급 육포와 빵 덩어리들을 집어넣었기 때문이었다.

게다가 코러스산속에서 언제 위험한 일이 생길지 모르

기 때문에 육포와 빵에서 풍기는 풍미를 제거했다.

그래서 언뜻 보면 아무런 맛도 없는 것처럼 보였다.

하지만 육포와 빵을 한번 베어 물면 얼마나 맛있는지 놀라게 된다.

안타깝게도 페테르는 그런 사실을 알 리가 없었다.

에일레나로서는 지금 상황에서 페테르가 거절한 것을 오히려 다행으로 여겼다.

"맘대로 하시지."

털썩.

애버트 경은 페테르에게 그렇게 말하고는 바닥에 주저앉아서 육포를 뜯기 시작했다.

페테르는 자신의 겉옷 안쪽을 더듬거렸다.

아공간 주머니를 찾는 것이었다.

다른 것을 몰라도 아공간 주머니는 항상 그의 품 안에 있었다.

그럴 수밖에 없는 것이 그 안에 골드 등 돈과 이번 여행 중 비상시 먹을 식량이 들어 있었기 때문이었다.

더듬더듬.

"……."

페테르는 순간 사색이 됐다.

아무리 품안을 뒤져도 잡히는 것이 없었다.

그는 순간 고블린 무리들과 싸울 때가 떠올랐다.

고블린과 싸우는데 다른 고블린이 그의 목덜미를 잡았었다. 게다가 또 다른 고블린은 그에게 독침을 날릴 자세를 하고 있었다.

그 상황에서 페테르는 몸을 반쯤 뒤로 꺾으면서 독침을 피하고 앞뒤로 덤비는 고블린들에게 칼을 휘둘렀다.

그때 또 다른 고블린이 그의 몸을 향해서 발길질을 했다.

아마 그때였을 것 같다.

품안에서 뭔가 툭하고 튀어나온 게 있었다.

당시에는 워낙 긴박한 상황이라 신경 쓰지 않은 것이 화근인 셈이었다.

제대로 망했다.

좀 전에 애버트 경에게 큰소리 쳤던 자신의 모습이 떠올랐다.

하지만 골드는 둘째 치고 식량이 문제였다.

꼬르륵.

페테르의 뱃속에서 어김없이 밥 달라는 신호가 울렸다.

페테르는 애버트 경을 힐끔 쳐다보았다.

그는 정신없이 먹느라 페테르 따위는 신경 쓰지 않는 눈치였다.

사실 애버트 경은 페테르의 일거수일투족을 주시하고 있었다. 다만, 그런 사실을 페테르에게 들키지 않도록 능청을 떨고 있었다.

질겅질겅.

진혁이 육포를 맛있게 씹으면서 페테르에게 미소를 짓
는다.

마치 그를 약 올리는 듯 했다.

"무슨 문제 있습니까?"

진혁이 페테르를 보고 씨익 웃으면서 물었다.

"없습니다."

페테르는 순간 자신의 입을 때리고 싶었다.

하지만 어렸을 때부터 배워 온 귀족이라는 자존심이 이
럴 때 그를 묶어놓았다.

'제길, 제길.'

꼬르륵.

그의 뱃속은 다시 한 번 밥 달라고 아우성친다.

스윽.

페테르는 자리에서 일어났다.

"어디 갑니까?"

진혁이 물었다.

아무래도 페테르를 일행에 끼어 넣은 것은 자신이니깐
신경 쓰일 수 밖에 없었다.

"잠시 볼 일을 보러."

페테르는 대충 진혁에게 둘러대고는 그들이 있는 곳에
서 다소 떨어진 나무들이 우거진 곳으로 향했다.

'괜찮을까?'

진혁은 페테르의 뒤 모습을 보면서 잠시 생각했다.

이미 페테르의 아공간주머니가 없어졌음을 좀 전의 상황을 보고 눈치 챘기 때문이었다.

귀족 체면에 한 번 뱉은 말을 도로 주워 담기가 쉽지 않으리라.

지금의 페테르는 너무 많은 관습과 오만, 편견 등에 사로잡혀 있다.

'뭐 한 끼 정도는 굶는 것도 괜찮겠지.'

진혁은 이 번 기회에 페테르가 변화되기를 원했다.

한 끼 굶는 것으로 당장 변화가 되지는 않겠지만 적어도 엘호수에 다다를 때까지 그의 변화를 속으로 기대했다.

진혁이 페테르를 이번 여정에 넣은 진짜 이유이기도 했다.

에일레나의 운명.

그 운명을 바꿀 수 있는 키를 페테르가 쥐고 있다는 생각이 막연하게 들었기 때문이었다.

"햐아, 숲 속이 정말 좋네요."

어느새 에일레나가 다가와 말을 걸었다.

진혁은 그녀의 말에 대답 대신 코를 실룩였다.

숲의 향기를 맡기 위해서였다.

그녀의 말대로 향긋한, 그리고 진한 나무 향과 풀잎 향이 콧속으로 순식간에 밀려 들어왔다.

참으로 오랜만이다.

코러스산의 향.

아니 요 근래 지구와 판테온을 통틀어 이렇게 숲속에서
야영을 해본 적이 없었다.

진혁은 자신도 모르게 숲 속의 향에 흠뻑 취했다.

바로 옆에 에일레나가 그런 자신의 모습을 넋 놓고 쳐다
보고 있다는 것을 잊은 채 말이었다.

"혼자 돌아다닌 지 얼마 안 되었나 봐요?"

에일레나가 진혁의 상념을 깼다.

"예?"

진혁이 의아하게 그런 에일레나를 쳐다보았다.

"나그네라면 지금까지 여기저기 떠돌면서 이런 숲속 향
쯤은 얼마든지 맡아봤을 거 아니에요? 지금 댁의 표정은
아주 오랜 만에 맡아본다는 느낌을 주었거든요."

에일레나가 빙그레 웃으면서 말했다.

확실히 여제답게 예리했다.

"사실 처음입니다."

진혁이 대충 둘러댔다.

과거라면 분명 그는 반박했을 것이다.

아니 에일레나가 저렇게 말할 리도 없었다.

159

오래 여행을 하고 다니던 때였으니깐.

아마도 이런 숲속향이 슬슬 지겨워 질 때쯤이었을 것이다.

진혁의 입가에 씁쓸한 미소가 걸렸다.

그때의 자신 모습이 어떠했는지 똑똑히 기억이 났다.

잊고 있었는데.

전혀 낯선 세계, 판테온에 영문도 모른 채 오게 된 이후, 진혁은 오로지 지구로 돌아갈 방법을 찾았다. 그 와중에 자신이 마법에 이곳 판테온 사람들보다 탁월하다는 것을 깨닫고 마법사가 되기 위해서 열중했다.

대마법사가 되는 것만이 지구로 되돌아갈 방법을 찾을 수 있다는 결론이 났기 때문이었다.

1서클에서 6서클까지, 정말 주위의 모든 이들이 혀를 내두를 만큼 엄청난 속도로 올라섰다.

게다가 검기까지 다루는 소드 익스퍼런트까지 올라섰다. 판테온에서 마법과 검, 두 가지를 동시에 잘하기는 쉽지 않다.

마검사가 존재하긴 하지만 대부분 둘 다 취약했다.

마법 아니면 검, 둘 중 하나에 올인해도 어려우기 때문이었다.

그걸 진혁은 둘 다 동시에 거머쥐었다.

하지만 딱 거기까지.

7서클의 문은 좀처럼 열리지가 않았다.

열릴 듯 말 듯 하면서도 말이었다.

결국 그는 방랑에 나섰다.

7서클이 되어야 했기 때문이었다.

에일레나와 함께 코러스산 정상 엘호수를 들어섰을 때, 그는 에일레나와 한 가지 실험에 통과했다.

그때 7서클이 그의 가슴에 떠오르기 시작했다.

아마도 지금 엘호수에 다시 오른다면 그때처럼 7번째 서클이 떠오르리라.

판테온의 과거에 엉겁결에 온 이후, 진혁은 자신의 상태가 그때와 똑같다는 것을 알게 되었다.

어쨌거나 과거라면 오랜 여정의 끝에서 에일레나를 만났겠지만 지금 진혁은 엄연히 지구에서 다시 돌아온 셈이었다.

그러니 이런 숲속향이 정겹고 신선한 것만은 사실이었다.

진혁은 에일레나에게 이런 상황을 구구절절하게 말할 필요성을 못 느꼈다.

그녀가 오해하는 대로 내버려 두자.

에일레나의 운명만 바뀔 수 있다면 무엇이든 좋다.

진혁은 앉은 채로 에일레나의 얼굴을 살짝 올려 보았다.

어느새 그녀의 얼굴 절반을 가리고 있던 두건이 벗겨져
있었다.

보석같은 그녀의 눈동자가 빛나고 있다.

새하얀 그녀의 얼굴이 자신에게 미소를 보내고 있었다.

그 얼마나 황홀한지.

얼마나 보고 싶었던 표정인지.

스윽.

진혁은 자신도 모르게 그녀의 볼에 손을 갖다 댈 뻔 했
다.

'아차.'

그는 머쓱한 표정으로 재빨리 팔짱을 끼었다.

에일레나의 얼굴에서 살짝 기대하는 표정이 떠오르다
이내 실망하는 표정으로 바뀌었다.

진혁의 얼굴이 순식간에 딱딱해졌기 때문이었다.

"......"

"......"

두 사람은 어색하게 애꿎은 땅밑만 쳐다보았다.

그 때였다.

으으악!

페테르의 목소리였다.

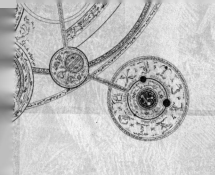

Return of the Meister

NEO MODERN FANTASY STORY

6. 엘프와 몬스터들

6. 엘프와 몬스터들

Return of the Meister

벌떡.

진혁과 에일레나가 비명이 나는 곳으로 뛰었다.

그 뒤를 애버트 경이 뒤쫓았다.

한 눈에 딱 봐도 대략 5-6m쯤 되 보이는 거대한 유충이 페테르를 입에 물고 있었다.

그야말로 절체절명의 상황처럼 보였다.

으아아아아악!

페테르는 기절할 지경이었다.

금방이라도 유충이 자신을 입 안으로 빨 것만 같았다.

"살, 살려주십시오!"

페테르는 진혁의 모습이 보이자 천군마마를 얻은 것처럼 소리쳤다.

우뚝.

그런데 진혁이 거대한 유충 앞에서 달려오다가 서버리고 말았다.

"……?"

에일레나가 함께 달리다가 의아한 표정을 지으면서 진혁을 보았다.

애버트 경 역시 마찬가지였다.

"왜, 왜 그러세요?"

에일레나가 진혁의 등뒤에서 소리쳤다.

어느새 그녀는 허리춤에 있던 롱소드를 꺼내들고 있었다.

애버트 경도 여차하면 거대한 유충을 공격하기 위한 자세로 서있었다.

하지만 진혁은 미동도 없었다.

그는 거대한 유충을 뚫어지게 쳐다볼 뿐이었다.

그것이 페테르를 미치게 했다.

페테르만이 똥줄이 탔다.

언제 죽을지 모른다는 공포감.

게다가 유충의 입안에서 풍겨오는 썩은 내는 그 냄새만으로도 질식할 것만 같았다.

냄새가 나도 정말 아찔할 정도였다.

사람이 냄새로 죽을 수 있다는 말을 실감하고 있었다.

"하하하하하하."

갑자기 진혁이 배를 잡고 웃었다.

'뭐지?'

에일레나가 진혁의 태도에 당황한 표정을 지었다.

하지만 이내 지금 상황이 어떤지 대충 감을 잡았다.

지금 눈앞에 서있는 유충은 그녀가 익히 아는 유충이 아닌 확률이 높았다.

그렇지 않고서야 진혁이 저렇게 여유를 부리면서 웃고 있지는 않겠지.

애버트 경도 눈치를 챈 듯 싶었다.

쑤욱.

두 사람은 뽑아들었던 롱소드를 도로 허리춤에 찼다.

하지만 딱 한사람.

페테르만이 정신을 못차리고 있었다.

자신을 구하려 오던 진혁이 미친 듯이 웃는 것도 이상했지만 롱소드를 뽑아들던 에일레나와 애버트 경이 도로 집어넣는 것을 보고 분노마저 솟아 올랐다.

"마, 마법사님!"

페테르가 소리를 빽 질렀다.

그 소리가 얼마나 컸는지 그때까지 페테르를 물고만 있

던 거대한 유충을 자극시켰다.

"우우우웅."

거대한 유충은 알 수 없는 소리를 냈다.

흔들 흔들.

그리고는 육중한 몸을 마구 흔들었다.

휘이익.

유충의 입에 물려있는 페테르로선 타의에 의해서 함께 공중에서 마구 흔들려졌다.

페테르는 현기증이 나서 미칠 것만 같았다.

상황을 더 악화시킨 탓이었다.

"나 좀 어떻게 해주십시오!"

페테르가 소리를 빽 질렀다.

뚝.

한참 웃던 진혁이 그 소리를 듣고는 웃음을 멈추었다.

그는 유충 앞으로 다가왔다.

"허세 부리지 않기."

진혁이 말했다.

"······?"

페테르가 어이없는 표정을 지었다.

"죽는 것 보다 허세 안 부리는 게 낫지 않습니까?"

진혁이 찬찬히 말했다.

페테르는 그제 서야 진혁의 말을 깨달았다.

육포와 빵.

거대한 유충의 입에 대롱대롱 매달려 있는 자신에게 이 와중에 제안을 하는 진혁이 어이가 없었다.

하지만 그 보다는 좀 전의 자신 태도를 떠올리고는 얼굴이 붉어졌다.

저 사람들 다 알고 있었던 건가.

페테르는 에일레나와 애버트 경을 쳐다보았다.

그의 시선을 받은 에일레나와 애버트 경이 멋쩍은 표정을 지었다.

귀족의 자제가 체통을 지키느라 애쓰고 있었던 것을 다 알고 있었다고 대놓고 말할 수는 없지 않겠는가.

"……."

페테르의 볼이 화끈 달아올랐다.

사실 그 상황 자체는 별것이 없다.

귀족 체면에 볼품없는 육포와 빵을 한 번 거절한 것을 다시 구걸하고 싶지 않았던 것뿐.

페테르는 자신의 태도가 틀렸다고는 생각지 않았다.

오히려 배고픔 앞에서 귀족의 체면을 지킨 것이 자랑스러웠다.

그런데 저 마법사는 대체 나에게 왜 저러는 걸까?

페테르는 어렴풋이 그것이 무엇인지 알 것도 같았다.

그는 자신에게 무언가를 알려주려고 한다.

애초에 그가 자신을 일행에 끼어 넣어 준 것도 그 속셈의 연장일 지도 모른다.

하지만 태어나서 22년간 귀족의 자제로 교육받고 자란 페테르가 쉽게 변화될 리는 만무하다.

적어도 페테르 자신은 그렇게 생각했다.

자신의 가치관이 쉽게 변화될 리는 없다고 생각했다.

하지만 막연하게 그의 가슴은 무언가로 뛰고 있었다.

어쩌면 그 자신은 언젠간 자신이 변화하리라는 것을 알고 있을 지도 모르겠다.

하지만 지금은.

지금은 다만 인정하기 싫을 뿐.

어쨌거나 지금은 살고 봐야 한다.

페테르는 간신히 입을 떼었다.

"알았습……."

"안 들리는데요?"

진혁이 능글맞게 말했다.

'제길.'

페테르는 진혁의 태도에 화가 났지만 꾸욱 눌렀다.

그리고는 작은 목소리로 말했다.

"알았습니다."

"뭐라 하셨습니까?"

이번에도 진혁이 페테르의 말을 못들은 척 했다.

"알았다고요!"

페테르는 체면이고 뭐고 다 버리고 소리를 질렀다.

그 제서야 진혁의 얼굴에 미소가 피어올랐다.

"빵이나 목숨이나 다를 바가 없습니다. 다 소중합니다."

진혁이 거대한 유충 앞에서도 태연하게 페테르에게 일장 연설을 했다.

그 광경을 보고 있는 에일레나와 애버트 경은 웃음이 나오는 것을 꾸욱 눌러 참았다.

보통 저 유충은 자신들이 아는 바에 의하면 굴 크로울러이긴 했다.

굴 크로울러는 썩은 고기를 먹는 거대한 유충 몬스터였다. 등에 마비 독을 가지고 있는 촉수도 있다. 이 마비 독에 당하면 1시간 여 마비되어 버린다.

이런 숲속에서 굴 크로울러를 만난 것도 이상할 지경이었다. 하지만 이곳은 코러스산이다.

그것이 코러스산과 다른 산의 차이였다.

보통 초원이나 바닷가 등에 서식한다고 알려져 있는 몬스터들도 코러스산에는 원 없이 서식하고 있었다.

그야말로 몬스터들의 백과사전과 같은 곳이 코러스산이었다.

물론 이런 몬스터들이 서식하는 곳은 바로 아크하경계선부터였다.

바로 엘호수를 향하는 길목 말이었다.

엘호수 쪽을 통하지 않고 산을 살짝 돌아가는 길이 있다. 그 길은 오히려 다른 산에 비해서 안전했다.

인간과 엘프들이 맺은 협약 때문이었다.

엘프들은 인간과 무역을 하고 그를 위해서 코러스산을 넘는 사람들을 지켜준다.

확실히 엘호수에 대한 욕심만 없다면 코러스산을 넘는 것은 시간만 소모될 뿐, 엘프에게 줄 조그만 선물 정도면 충분했다.

"저거 굴 크로울러 맞긴 맞지?"

에일레나가 애버트 경에게 작은 목소리로 속삭였다.

"그래 보이는데요."

애버트 경이 고개를 끄덕였다.

하지만 여태까지 페테르를 물고만 있는 거하면.

진혁의 여유로운 태도를 본다면 필시 다른 버전의 굴 크로울러인 게 틀림없었다.

결국 굴 크로울러의 입에 대롱대롱 매달려 있는 페테르만이 상황판단을 하지 못하는 셈이었다.

자신의 목숨이 달린 상태에서는 아무것도 보이지 않는 듯 했다.

어쩌면 그것보다는 그의 경험부족일 수 있었다.

그때 진혁이 뒤를 돌아보았다.

"잘 보십시오."

진혁은 그렇게 말하고는 근처에 있던 풀등을 대충 뜯었다.

그리고는 한 무더기의 풀을 유충에게 내밀었다.

그러자 어처구니없는 일이 벌어졌다.

휘익.

유충이 입에 물고 있던 페테르를 내 동댕이쳤다.

그리고는 진혁이 들고 있는 풀 더미를 덥석 물었다.

질겅질겅.

유충은 아주 맛있는 음식을 먹는 것처럼 풀을 입안에 가득 넣고 씹었다.

"사실 굴 크로울러도 종류가 다양합니다. 저 녀석은 풀을 먹고 사는 초식 크로울러입니다."

진혁이 손가락으로 굴 크로울러를 가리키면서 말했다.

"아……."

"그렇군요."

에일레나와 에버트 경은 동시에 고개를 끄덕였다.

자신들의 짐작이 틀리지 않았기 때문이었다.

두 사람은 방금 전 페테르가 굴 크로울러에게 내동댕이쳐졌다는 것은 안중에도 없었다.

"……."

물론 진혁이 페테르가 땅에 떨어지기 전에 엷은 실크 막을 쳤다.

적어도 떨어질 때의 충격은 진혁이 마법으로 시현해 놓은 엷은 실크막이 다 흡수한 셈이었다.

페테르는 뻘쭘한 얼굴로 세 사람 주변으로 어슬렁거렸다.

"이거 드십시오."

애버트 경이 그런 페테르를 쳐다보고는 육포와 빵을 내밀었다.

순간 페테르의 얼굴이 살짝 구겨졌다.

마치 그가 자신을 약 올린다는 생각을 지울 수가 없었다.

방금 전 굴 크로울러에게 물려있을 때 진혁과 한 약속 때문이었다.

하지만 그는 이내 진혁의 시선을 느낄 수 있었다.

방금 전 진혁과 약속하지 않았던가.

페테르는 이 일의 원흉인 진혁보다는 육포와 빵을 내미는 애버트 경이 더 얄미웠다.

하지만 그렇다고 대놓고 뭐라할 수는 없었다.

게다가 자신이 애버트 경의 육포와 빵을 거절한다면 진혁이 나설게 뻔했다.

지금 자신과 진혁 사이에는 커다란 실력차이가 존재했다.

판테온 세계에서는 신분도 물론 중요하다.

하지만 그보다는 실력, 실력이 더 중요했다.

거대한 제국도 그랜드 소드마스터나 7, 8서클의 대마법사들 앞에서는 무력해질 때가 있기 때문이었다.

물론 진혁은 대마법사가 아니다.

하지만 이제 소드 유저인 페테르에겐 6서클의 마법사는 머나먼 존재였다.

그런 만큼 페테르는 지금 대놓고 진혁에게 따질 수가 없었다.

"고, 고맙소."

페테르는 애버트 경이 내미는 육포와 빵을 받아 쥐었다.

그리고는 한입 그것들을 베어 물었다.

겉으로 보면 아무런 맛도 없어 보이던 육포와 빵에서 그야말로 최상품의 그것에서 느껴지는 풍미가 입 안 가득히 전해져 왔다.

"으으음…?"

페테르의 눈이 번쩍였다.

그는 에일레나와 애버트 경을 쳐다보았다.

여행길에 누가 이런 최고급 육포와 빵을 준비할 수 있다는 말인가.

'내가 이들을 잘못 판단했을 지도 모르겠다.'

페테르는 생각했다.

하지만 그 사실을 내색하지 않기로 했다.

일단은 이들과 엘호수에 함께 가야했다.

그때까지는 이들에 대해서 내색해봐야 좋을 게 없는 판단에서였다.

'그곳까지 가려면 아직 시간이 있으니 그때까지 이들이 누구인지 알아내자.'

페테르는 자신도 모르게 가슴이 뛰었다.

에일레나와 애버트 경 신분에 뜻하지 않은 반전이 있을 수가 있었기 때문이었다.

이들이 자신의 신분을 진짜 감춘 것일 수 있다.

'처신을 잘해야겠군.'

페테르의 머릿속은 빠르게 돌아가고 있었다.

사실 드르면 백작이 장남보다 차남인 페테르를 마음에 들어하는 것은 이런 상황 판단력과 처세술 때문이었다.

평상시는 안하무인인 아들이지만 긴급하게 상황이 돌아갈 때는 자신이 어떻게 처신을 해야 할 지 잘 알고 있었다.

낙원여관에서의 일도 마찬가지였다.

가신들과 용병들이 모두 잠들었을 때, 보통의 귀족들이라면 당황하기 싶다.

그냥 그 자리에서 넋 놓고 있을 게 대부분의 반응이다.

하지만 페테르는 엘호수에 자신을 데려가줄 수 있는 사

람이 이들이라는 것을 깨닫고 잽싸게 이들을 뒤쫓아 갔다.

그때는 귀족 체면이고 뭐고 다 버렸다.

물론 그 뒤 함께 오르면서 다시 본모습으로 돌아왔지만
말이었다.

어쨌건 페테르는 다시 한 번 본능적으로 자신이 어떻게
처신을 해야 할지 깨닫고 있었다.

물론 그의 빠른 상황 판단력은 가끔 자신의 목숨 앞에서
는 무력해질 때가 있지만 말이었다.

어쨌거나 지금은 제대로 머리가 돌아가고 있었다.

그는 좌우를 한번 쓰윽 보더니 육포와 빵을 먹는데 집중
하기 시작했다.

-저 자 눈치 챈 것 같은데.

에일레나가 애버트 경에게 마법통신구를 사용해서 말했
다.

-저 마법사가 무슨 생각이 있는 것 같습니다.

애버트 경이 조심스럽게 자신의 생각을 내놓았다.

-일부러 힌트를 줬다는 뜻인가?

에일레나가 말했다.

-아무래도 그런 것 같습니다. 저 페테르라는 자가 함부
로 행동하지 못하도록 말입니다. 방금 전 일에서도 아시겠
지만 만약 저 굴 크로울러가 신선한 고기를 먹는 유충이였
다면 아주 큰일이 났을 겁니다.

-그치, 풀을 먹는 굴 크로울러가 있으니…… 다른 종류
도….

에일레나가 끔찍하다는 듯이 몸을 흔들었다.

그녀는 여전히 풀을 뜯고 있는 굴 크로울러에게 시선을
돌렸다.

이런 광경이 익숙하지 않은 그녀였다.

-휴, 우리가 조심해야겠네.

그녀는 탐탁치않다는 듯이 말했다.

-더욱 안전에 각별히 신경 쓰겠습니다.

애버트 경은 그렇게 말하고는 페테르를 힐끔 쳐다보았
다.

분명 저 자는 우리에 대해서 뭔가 눈치 챈 듯 싶었다.

하지만 내색을 하고 있지 않았다.

오로지 육포와 빵을 뜯는데 몰두하고 있었다.

진혁은 여유롭게 잔나무가지들을 모아다가 바닥에 깔았
다. 지금 에일레나, 애버트 경과 페테르의 보이지 않는 심
리전 따위는 알바가 아니었다.

서로 모르는 척 하면서 머릿속은 정신없이 복잡해지겠
지.

'홋.'

진혁은 자신도 모르게 미소가 나왔다.

어쨌거나 재밌는 구경거리가 한편 더 생긴 셈이었다.

진혁은 이 상황을 즐길 작정이었다.

자신의 개입은 최소한도로 정해놓고 말이었다.

휘익.

진혁은 바닥에 모아놓은 잔나무가지들 위에 풀과 마른
나뭇잎 등을 잔뜩 뜯어와 깔았다.

털썩.

그는 자신의 몸을 그 위에 눕혔다.

'좋구나.'

❖

휘익.

진혁의 귓가에 스치는 화살.

벌떡.

쌩.

진혁은 땅을 박차고 위로 뛰어 올랐다.

타악.

탁.

진혁은 자고 있던 바로 옆에 서있던 높이 솟아있는 나무
위로 올라섰다.

스으윽.

"아크하 경계선을 넘었다고 해도 약속은 약속. 왜 인간을 공격하시오?"

진혁이 롱소드를 내밀면서 말했다.

그의 롱소드 끝부분에 금발 머리카락을 가진 엘프, 콘래드는 망연자실한 표정으로 서있었다.

손에는 활과 화살을 든 채로 말이었다.

인간이 엘프인 자신보다 이토록 빠르단 말인가.

자신이 정확하게 어느 지점에서 쏘았는지 알고 있었다.

분명 조금 전까지는 눈 앞의 이 자는 자고 있었다.

엘프는 숲속이나 대지, 자연의 기운을 읽는다.

그런 만큼 방금 전 진혁이 누워있었던 것은 진짜 잠들어 있었던 것을 알고 있다.

그런데 단 한발의 화살로 순식간에 위로 솟구쳐 자신이 있는 정확한 지점을 찾아가 칼을 내밀다니.

콘래드는 본능적으로 몸을 살짝 떨었다.

'이 자 보통이 아니다.'

그는 자신의 목덜미에 닿는 롱소드의 차가운 감촉을 느끼면서 몸을 떨었다.

캉.

캉.

하앗.

물론 진혁과 콘래드가 서있는 나무의 밑에서는 한창 엘

프들과 에일레나, 애버트 경과 페테르가 싸우고 있는 중이었다.

이들은 갑자기 높은 곳에서 쏟아지던 화살이 날라 오지 않아 그나마 선전 중이었다.

"제길, 엘프들이 왜 공격을 하고 난리야!"

페테르가 거친 숨을 몰아쉬면서 말했다.

하압!

그의 말이 채 떨어지기도 전에 불타 오를듯한 머리카락을 가진 여성형 엘프가 페테르의 목덜미를 향해서 칼을 휘둘렀다.

'아차.'

페테르는 사색이 되어 재빨리 머리를 숙였다.

하지만 이내 고개 숙인 그의 눈에 들어온 것은 은색의 칼날이었다.

"움직이지 마."

차가운 목소리.

페테르는 그 목소리가 아니더라도 이미 얼어붙었다.

솔직히 소드유저로서 지금까지 엘프들을 상대로 싸운 것도 선방한 셈이었다.

싸우는 와중에도 애버트 경이 간간히 페테르가 위험할 때 도와주었기 때문이었다.

하지만 애버트 경도 이제는 누굴 도울 처지가 아니었다.

그의 주변에 10명의 엘프들이 감싸고 있었다.

물론 10명 모두 덤비는 것은 아니다.

한 사람을 공격하는데 한계가 있기 때문이었다.

5명이 한번 공격을 하고 바로 뒤로 후퇴하며 뒤에 대기하고 있던 5명이 앞으로 나와 동시에 공격을 한다.

이것이 얼마나 잘 짜여 있었는지 당하는 애버트 경으로서는 연속해서 밀려오는 파도처럼 느껴졌다.

그의 피로가 급에 달하고 있었다.

이 상황에서 다행이라고 한다면 엘프들이 이들을 바로이 자리에서 죽이려고 들지는 않는다는 거.

"엘프들은 우리 인간들과 조약을 맺지 않았던가?"

에일레나의 차가운 목소리가 들려왔다.

이미 그녀의 목덜미에는 7개의 칼날이 아슬아슬하게 멈추어 서있었다.

그녀가 조금이라도 움직이려 한다면.

저 7개의 칼날이 가차 없이 그녀의 목덜미에 꽂히리라.

"인간들은 신뢰할 수 없다."

에일레나의 말에 한 엘프가 그녀의 앞으로 나왔다.

전형적인 엘프 답게 햇빛에 반짝일 만큼 아름다운 금발머리카락에 백옥처럼 하얗고 투명한 피부, 그리고 긴팔과긴다리와 보기 좋은 몸매는 인간들로서는 탐날 만큼 아름다웠다.

'와, 어떻게 하면 여자인 나보다 저렇게 예쁠 수가 있지.'

당장 목숨의 위협을 받고 있는 에일레나 마저 그 사실을 새까맣게 잊고 눈앞의 엘프 모습에 그저 감탄했다.

그녀 주변에 서있는 다른 엘프들도 저렇게 아름답겠지.

에일레나는 이 상황에서 엘프들을 보게 된 것을 안타깝게 여겼다.

"……."

에일레나는 멀뚱멀뚱 엘프를 쳐다봤다.

"인정하겠다는 뜻이군."

그 엘프는 의외의 반응에 살짝 놀란 듯 하면서도 여전히 냉랭한 태도를 취하고 있었다.

'엘프들이 갑자기 왜 이러지?'

에일레나는 고개를 갸웃거렸다.

그때였다.

하늘에서 무언가가 내려왔다.

쑤욱.

슉.

진혁과 콘래드였다.

"이 자가 저희 부족에 기꺼이 가기로 했습니다."

콘래드가 에일레나의 앞에 서있던 엘프에게 살짝 고개를 숙이면서 말했다.

"뭐라고?"

"이 자가 마법사입니다. 저희들을 힘닿는 대로 도와주겠다고…."

콘래드는 말끝을 흐리면서 티르 왕자를 쳐다봤다.

"마법사라고?"

에일레나의 앞에 서있던, 눈부신 미모를 자랑하던 엘프 티르 왕자는 콘래드의 말에 그때까지 굳어있던 표정이 확 바뀌었다.

사실 아크하 경계선까지 넘어온 이들을 죽일 생각은 없었다.

겁을 주어 엘프부족 영역에 못 들어오게 하고 아예 아크하 경계선 밖으로 쫓아내기 위해서였다.

"이 자를 데려간다."

티르 왕자는 진혁을 향해 고개 짓 하면서 말했다.

다른 엘프들은 고개를 가볍게 숙였다.

"이들도 데려가야 합니다."

진혁이 나지막하게, 그러나 부드러운 어조로 말했다.

"이들은 필요 없다."

티르 왕자가 진혁을 향해 무덤덤하게 말했다.

"내 일행이오, 나는 그들에게 고용된 용병이고. 그들의 안전은 내 책임이지. 엘프들도 약속이란 게 뭔지 알 텐데."

"흥, 인간들은 약속을 안 지킨다."

티르 왕자라는 엘프가 반박했다.

"뭐 다른 인간들은 그럴지도 모르지. 하지만 나를 약속 안 지키는 인간들과 같은 선상에 놓고 판단한다면 내가 당신네 부족에 가서 도와주겠다는 약속을 어떻게 믿을 수가 있지?"

"……."

티르 왕자는 순간 당황했다.

진혁의 말이 백 번 옳다.

"저어, 아까 저위에서 일행들과 함께 가겠다고 저와 약속도 했습니다."

콘래드가 난처하다는 듯이 티르 왕자에게 말했다.

사실 부족의 왕자가 지휘자로 있는 싸움터에서 일개 병사인 자신이 함부로 약속을 남발해서는 안 되기 때문이었다.

하지만 진혁에게 목숨을 빚지고, 그리고 그의 실력에 감탄한 콘래드로서는 엘프 부족을 위해서 꼭 그를 데려가고 싶었다.

그래서 선뜻 다른 일행들도 안전을 책임지겠다고 말해 버렸다.

평소 콘래드 다운 행동은 아니었다.

티르 왕자는 콘래드를 한번 째려보았다.

하지만 자신의 부하 약속도 자신의 약속과 마찬가지다.

부하를 책임지는 것이 바로 지휘관이 할 일이기 때문이었다.

"좋다."

티르 왕자는 그 말을 남기고 휙 돌아섰다.

챙.

동시에 에일레나의 목덜미에 아슬아슬하게 멈추어있던 7개의 칼날도 제 주인들의 허리춤으로 들어갔다.

"휴."

에일레나가 일부러 큰 한숨을 쉬었다.

애버트 경 역시 마찬가지였다.

그는 엘프들과는 웬만해서는 싸움을 피해야겠다고 다짐했다.

인간들과는 달리 엘프들은 싸움에 뛰어나다.

인간들보다 가벼운 탓에 공중돌기를 하면서 달릴 수 있을만큼 날렵한 몸을 가지고 있었다.

게다가 믿을 수 없을 만큼 전술에 탁월했다.

방금 전 10명의 엘프 만으로도 백여 명이 넘는 용병이나 잘 훈련된 기사들보다 더 극적인 전술 효과를 내고 있었다.

소드마스터인 애버트 경이 진저리를 칠 정도였다.

"우리는 어디로 가는 건가요?"

에일레나가 진혁에게 바짝 붙어서 귓속말로 물었다.

"저들이 사는 곳."

진혁이 당연하다는 듯이 말했다.

"아, 예."

에일레나는 괜히 무안했다.

솔직히 우문현답인 셈이었다.

❖

엘프들이 사는 마을은 쥐 죽은 듯이 조용했다.

"……?"

"……."

에일레나와 애버트 경은 서로의 얼굴을 한 번 쳐다봤다.
그리고 마을을 다시 쳐다보았다.

다른 곳도 아닌 엘프 마을이다.

밝고 경쾌하고 아름다운 엘프들이 가득한 곳이 바로 엘
프 마을이었다.

그런데 마을 어디에도 엘프들이 뛰어노는 것을 보지 못
했다.

아직 어린 엘프들도 많을 텐데 말이었다.

진혁은 이 상황을 전부 알고 있었다.

이미 한 번 겪은 일이니깐 말이었다.

"난 환자들 있는 곳으로 가겠으니 데려다 주시오."

진혁이 티르 왕자와 콘래드를 향해 말했다.

티르 왕자가 콘래드에게 눈짓을 했다.

"따라 오시오."

콘래드가 앞장서서 진혁을 안내했다.

"우, 우리는요?"

에일레나가 당황하면서 진혁에게 소리 쳤다.

어느새 콘래드와 진혁이 저만치 가고 있었다.

정말이지 재빠르기도 했다.

하지만 진혁에게 아무런 대답도 들을 수가 없었다. 이미 거리가 멀기도 했다.

하지만 의도적으로 그녀의 말을 씹은 느낌을 지울 수가 없었다.

티르 왕자는 에일레나와 애버트 경, 페테르를 에워싸고 있는 엘프들에게 눈짓을 하고는 어디론가 사라져 버렸다.

'뭐지?'

에일레나가 상황을 채 이해하기도 전이었다.

"어서 가."

한 엘프가 딱딱한 말투로 그녀를 재촉했다.

게다가 그녀의 등뒤로 검의 차가운 기운이 느껴졌다.

자신들의 말을 듣지 않으면 어떻게 할지를 똑똑하게 알려주고 있었다.

진혁이 사라진 뒤의 일이다.

애버트 경마저 쓸쓸한 표정을 지울 수가 없었다.

고귀한 여제 에일레나와 소드마스터인 자신이 엘프에게 이런 무례한 대접을 받고 있다는 것이 말이다.

한낱 마법사에 불과한 진혁을 보면서 느끼는 소외감도 들었다.

페테르 역시 마찬가지였다.

"우리 같은 신세네."

페테르는 애버트 경을 향해서 깐족이듯이 말했다.

애버트 경은 어깨를 으쓱거렸다.

"수다떨지 말고 앞으로 가."

그들의 뒤에서 차가운 목소리가 들려왔다.

엘프들이 그들을 재촉했다.

탁!

에일레나와 애버트 경, 페테르는 엘프들의 감옥에 갇혔다.

"여기서 얌전히 있는게 목숨을 부지하는 일이다."

셋을 가둔 은발머리의 엘프가 아무런 표정 없이 이들에게 말하고는 그 자리를 떴다.

탁, 탁, 타아악.

페테르가 감옥의 문을 잡고 흔들어 봤다.

하지만 감옥 문은 꼼짝도 하지 않았다.

언뜻 보기에는 나무처럼 보인 문이 알고 보니 강철이었다.

"도대체 이게 무슨 일이지?"

에일레나가 애버트 경을 향해서 말했다.

도대체 엘프와 인간들 사이에 어떤 일이 있었기에 자신들이 이런 대접을 받는지 이해가 되지 않았다.

더구나 엘프와 이렇게 틀어졌다는 얘기는 용병길드에서 듣지도 못했다.

용병길드에서 이 사실을 알았다면 자신들에게 경고를 했을 것이었다.

에일레나의 머리는 빠르게 회전되고 있었다.

"그렇게 말입니다. 엘프들은 인간들과 조약을 맺은 것으로 아는데."

애버트 경이 페테르를 흘낏 쳐다보면서 말을 흐렸다.

자신이 에일레나를 존대하면서 말하는 것이 신경이 쓰였기 때문이었다.

"거~ 나 의식하지 말고 말하쇼, 이미 저 여자가 당신보다 높다는 것은 아니깐. 나도 그 정도 눈치는 있지."

페테르가 애버트 경 들으라는 식으로 떠들었다.

"……"

"……"

에일레나와 애버트 경은 페테르를 동시에 쳐다 보았다.

하지만 아무런 말을 할 수가 없었다.

"뭐, 소드마스터가 호위하는 여자라."

페테르가 어깨를 으쓱 거렸다.

그도 귀족의 자제로 태어나 보고 들은 눈이 있다.

아무리 개망나니처럼 자신보다 아래인 사람들을 괴롭히는 것을 취미로 삼고 자신의 신분을 자랑하면 살아왔다고는 하지만 말이었다.

게다가 남들보다 빠른 상황 판단력이 있다.

물론 그 상황 판단력이라는 게 자신의 목숨이 걸렸을 때는 제 역할을 하지 못하지만 말이었다.

"함부로 떠들지 마라."

애버트 경이 차가운 어조로 페테르에게 말했다.

"뭐 그래서? 어차피 이곳에 다 같이 갇힌 신세인데 뭘 그렇게 호들갑을 떨고 그러쇼. 지금은 셋이 머리를 맞대야 할 때라고 생각하는데?"

에일레나는 페테르의 말에 깜짝 놀랐다.

그동안 무례하고 비열한 인간이라고만 생각한 페테르에게 또 다른 면모를 본 셈이었다.

"그 자 말이 맞다. 지금은 다 같이 머리를 맞댈 때이지."

에일레나가 애버트 경에게 말했다.

어차피 페테르에게 어느 정도 신분이 노출된 셈이었다.

그런데 계속해서 애버트 경을 존대하면서 말할 수는 없었다.

그렇게 되면 더 이상하다고 오해를 사기 십상이었다.

에일레나는 보통의 공녀나 왕족가의 여인네처럼 행동하기로 했다.

페테르가 자신의 신분에 어느 정도 눈치 챘는지는 모른다.

"알겠습니다. 공녀님."

역시 눈치 빠른 애버트 경이 에일레나의 말에 고개를 숙이면서 대답했다.

페테르는 그런 두 사람을 보고 기분이 좋아졌다.

자신의 짐작이 맞은 셈이었다.

'훗, 이것으로 내가 네 신분을 더 캐지 않으리라고 생각지 마라.'

페테르는 두 사람을 흘끔 보면서 생각했다.

분명 저 공녀는 엘 호수에 목숨을 걸고 가려고 하고 있다.

그 이유가 자신과 같은 목적일 가능성이 높긴 하다.

왕족이나 귀족자제들이 자신의 가문 수장에게 인정받기 위해서 말이었다.

하지만 그보다 더 한 목적이 있을 수 있다는 생각이 들었다.

그때였다.

타악.

그들을 가두워 두었던 은발머리 엘프가 다시 이들이 있
는 감옥문 앞으로 왔다.

타악.

그는 손에 든 열쇠같이 생긴 긴 막대기로 감옥 문을 쳤
다.

스컹.

그러자 문이 열렸다.

"나와라. 인간들을 여왕님이 뵙겠다고 하신다."

은발머리 엘프가 세 사람에게 소리쳤다.

순간 에일레나는 이것이 자신에게 주어진 기회임을 깨
달았다.

'엘프들에게 무슨 일이 있었는지 알아내고 오해를 풀어
야 해.'

에일레나는 크게 심호흡을 했다.

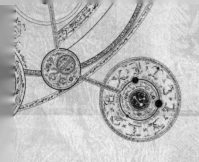

Return
of the Meister

NEO MODERN FANTASY STORY

7. 변화

7. 변화

엘프.

인간과 비슷한 체형에 가느다란 몸매, 하얀피부와 자체 발광하는 아름다운 외모는 정말이지 누구나 꿈꿔봤을 외모의 축복이었다.

게다가 그들의 성격은 한 명 한 명 현명하고 차분해서 그런지 웬만한 일에는 흥분하지 않고, 언제나 이성적으로 생각을 한다.

그런 만큼 싹수가 없다고 오해를 받는 경우도 종종 있다.

에일레나는 자신들을 대하는 엘프들의 차가운 반응을 어떻게 생각해야 할지 고민했다.

통상 그들의 성격 탓이라고 하기에는 무언가 수상하다.

인간과의 조약을 무시하는 것은 엘프들이 할 행동이 아니다.

인간이 조약을 무시하거나 깨뜨리는 행동을 하면 모를까.

엘프들은 절대 그렇지 않다.

자연과 더불어 살아가는 종족들이기 때문이었다.

그만큼 순수하다는 의미도 있었다.

도대체 인간이 얼마나 나쁜 짓을 하면서 이토록 엘프들이 냉랭할 수가 있지?

에일레나는 걱정이 되었다.

엘프마을 광장에 응당 보여야 할 엘프들이 보이지 않았다.

게다가 마법사인 진혁은 꽤 환대를 받고 있었다.

그리고 도착하자마자 바로 환자를 보러간 정황이며.

이 모든 것을 조합해서 생각해보자면 결론은 너무도 뻔했다.

인간에 의해서 엘프들이 다쳤다.

그래서 엘프들이 지금 자신들을 거칠게 대하고 있는 것이다.

인간에 대한 신뢰나 조약이 깨지는 것은 당연했다.

에일레나는 어떻게서든지 이 상황을 타개해야한다고 마

음먹었다.

단순히 자신이 엘 호수에 오르기 위해서가 아니었다.

코러스산 전체의 평화와 인근 나라를 위해서 에일레나는 도저히 좌시할 수 없는 문제였다.

"여왕님, 포로들을 데리고 왔습니다."

은발머리 엘프가 한쪽 무릎을 꿇고 다른쪽 무릎을 바닥에 세우고는 머리를 깊숙이 숙였다.

에일레나와 애버트 경, 페테르는 엉거주춤 자세로 서있었다.

'어디 여왕이 있는 거지?'

페테르가 전면을 살피면서 말했다.

앞에는 여왕이 앉는 의자가 놓여 있었다.

하지만 여왕은 보이지 않았다.

에일레나 역시 마찬가지였다.

그녀는 재빠르게 방 안을 훑어보았다.

그때 한 쪽 면에 커다란 휘장이 쳐져있는 것을 발견했다.

'저 뒤다.'

에일레나는 애버트 경에게 신호를 보냈다.

애버트 경은 고개를 끄덕였다.

"여왕님, 인간과 오해가 있다면 그 오해를 풀게 해주십시오."

에일레나가 휘장이 쳐진 곳으로 향하면서 말했다.

"어딜!"

은발머리 엘프가 어느새 에일레나의 옆에서 칼날을 들이밀고 있었다.

"공녀님에게 그 손 치우시지."

언제 다가왔는지 애버트 경이 은발머리 엘프의 등 뒤에 칼날을 겨누면서 말했다.

삽시간에 방안은 싸늘한 기운이 감돌았다.

"그만들 해라."

에일레나가 생각한 것과는 달리 은발머리 엘프가 무릎을 꿇었던 정면, 바로 비워있던 의자 뒤에서 엘프여왕이 모습을 나타냈다.

역시 엘프들의 여왕답게 미모 또한 매우 뛰어났다.

그러나 어딘가 익숙한 얼굴이었다.

좀전에 이들을 습격했던 티르 왕자를 연상시키는 외모였다.

여성형 티르 버전이라고 해도 좋았다.

나이로 생각하자면 티르 왕자가 남성형 여왕버전이라고 해야 옳은 표현일 게다.

에일레나는 속으로 여왕의 얼굴로 아까 만났던 티르 왕자라는 젊은 엘프의 모습을 비교했다.

티르 왕자 같은 아들이 있는 나이대인데도 불구하고 엘

프여왕의 모습은 20대 초반의 여자처럼 너무도 아름다웠다.

아니, 아름답다 못해 엘프여왕의 뒤에 후광이 비치는 착각마저 일어났다.

에일레나는 같은 여자로서 살짝 엘프여왕이 부러웠다.

'저런 외모라면 마법사님도 한 눈에 반하시겠지?'

에일레나는 그런 생각을 하고 있는 자신을 순간 발견했다.

그녀는 얼른 자세를 고치고 엘프여왕을 향해서 미소 지으면서 친근하게 굴었다.

"휘장 안에 안계셨네요."

에일레나가 살짝 천연덕스럽게 여왕을 보면서 말했다.

친밀한 어투가 담겨 있었다.

"물론 휘장 안에 있었답니다. 하지만 여왕이 서있어야 할 자리는 바로 이곳이지요."

엘프여왕은 부드러운 어조를 띠면서 말했다.

"아, 그렇군요."

에일레나가 멋쩍은 듯이 웃었다.

엘프여왕에게서 부드러운 카리스마와 지도자다운 면모가 느껴졌다.

"공녀라고요?"

엘프여왕이 에일레나를 보면서 물었다.

좀전에 애버트 경이 한말 때문이었다.

사실 에일레나의 신분이 공녀라는 것은 의도적으로 흘렸다.

인간들 사이에서 신분은 굉장히 중요하다.

그것을 엘프들은 오랜 무역을 통해서 아주 잘 알고 있었다.

에일레나의 신분을 알면 그들의 대우는 달라질 수도 있다.

아니 적어도, 그동안 무슨 일이 있었는지 들려줄 수는 있으리라.

어차피 페테르가 에일레나의 신분을 공녀로 알고 있다.

그러니 이럴 때 외교협상에 이용해먹으면 괜찮을 것 같다고 진작 에일레나가 생각했기 때문이었다.

"무슨 일로 아크하 경계선을 넘으셨나요?"

엘프여왕은 다시 한 번 에일레나에게 말을 걸었다.

"엘 호수에 가려고요."

에일레나는 자신의 목적지를 숨기지 않고 말했다.

"인간들은 왜 그렇게 엘 호수에 목숨을 걸죠?"

엘프여왕이 이해가 안 된다는 듯이 말했다.

"저희 인간들 사이에 신분이라는 게 오랜 역사를 통해서 존재하는 것과 마찬가지에요."

에일레나는 여왕의 질문에 차분하게 설명했다.

"신분과 같다?"

엘프여왕의 한쪽 눈썹이 꿈틀거렸다.

'뭐 잘못 설명한 예인가?'

에일레나가 약간 식겁한 표정을 지었다.

그녀는 일부러 자신의 기분이나 감정을 엘프여왕 앞에서 숨기지 않고 있었다.

어차피 숨긴다고 해도 자연의 기운과 동화된 엘프들이 못느끼지 않는다.

게다가 상대는 엘프여왕이었다.

그녀가 다른 엘프들보다 능력이 얼마나 뛰어날지 짐작하지 않아도 알 수가 있었다.

"제가 뭐 잘못 설명했나요?"

에일레나가 미안한 표정을 지으면서 말했다.

"당신 때문은 아닙니다."

엘프여왕이 말했다.

하지만 그녀의 목소리는 가라앉고 있었다.

에일레나는 정면 돌파를 해야겠다고 마음먹었다.

"도대체 무슨 일이 있었는지 알려주세요. 인간들이 어떤 못된 짓을 했기에 이 마을광장에 엘프들이 보이지 않죠?"

"당신은 솔직한 면이 보이는 군요."

엘프여왕은 질문의 대답 대신 에일레나를 칭찬했다.

다소 여왕의 목소리가 풀려지고 있음이 느껴졌다.

"그렇게 궁금하시다면 따라오세요."

엘프여왕이 은발머리 엘프에게 신호를 보냈다.

그리고는 의자에 내려와 이들을 스쳐 지나가 문 쪽으로
향했다.

엉겁결에 세 사람은 엘프여왕의 뒤를 쫓아갔다.

❖

이들이 향한 곳은 진혁이 사라진 쪽이었다.

마을 광장 한쪽 끝에, 거대한 천막이 쳐져 있었다.

한눈에 봐도 임시로 쳐놓은 것이라는 걸 알 수가 있었다.

"여왕님."

은발머리 엘프가 품에서 엘프여왕에게 무언가를 내밀었
다.

"나도 있다. 이것은 저들에게 나눠주도록."

엘프여왕이 은발머리 엘프에게 지시를 내렸다.

'뭐지?'

에일레나가 고개를 갸웃했다.

하지만 이내 그 이유를 알 수가 있었다.

포션이었다.

"모두 마셔야 합니다."

은발머리 엘프는 세 사람 모두에게 포션 한 병씩을 나눠 주었다.

'엘프들이 만든 포션이라.'

애버트 경이 포션을 받아 쥐고는 망설였다.

보통 엘프들이 직접 만든 포션은 대마법사가 만든 포션과 같은 취급을 받는다.

아주 고가에 거래되고는 했다.

하지만 엘프들이 무역거래에서 자신들의 포션을 거래하는 것은 그리 흔하지는 않았다.

아니 그들은 포션을 충분할 만큼의 양을 만들 수는 있었다.

하지만 엘프는 딱 필요한 만큼의 포션만을 만들었다.

자연의 순리에 따라 말이었다.

굳이 더 많은 무역을 하기 위해서, 좀더 자신들이 편하고자 포션을 제조하지 않았다.

그러니 엘프가 만든 포션은 질적으로도 최상품이었지만 손에 넣기도 힘들었다.

애버트 경 같은 자작들에겐 언감생심의 포션이었다.

평소 청렴하다고 유명한 애버트 경 마저 포션을 보고는 아까운 눈치가 역력했다.

'이 포션 한두방울이면 간단한 상처는 바로 나을 텐데.'

그는 포션 한병을 다 자신의 입속으로 들이키기가 미안할 지경이었다.

"다 마셔. 이유가 있으니깐 이걸 줬겠지."

에일레나가 애버트 경의 귓가에 속삭였다.

"그렇긴 한데. 아까운 것은 사실입니다."

애버트 경이 미소를 지면서 말했다.

꿀꺽꿀꺽.

페테르만이 어느새 포션을 다 비워가고 있었다.

평소 자신의 몸에 좋다는 것은 무엇이든 다 들이키는 그인지라 제일 속편하게 최상급의 포션을 아까워하지 않았다.

에일레나와 애버트 경은 그런 페테르를 보면서 미소를 지었다.

때로는 가장 속 편한 사람이 페테르인 것처럼 여겨졌다.

"우리도 마시자."

에일레나는 엘프여왕이 발걸음을 옮기려는 것을 보고 황급히 포션을 마셨다.

애버트 경도 마찬가지였다.

❖

포션을 다 마신 세 사람이 향한 천막 안에는 진혁도 있었다.

그 천막 안에는 거의 백 여 명이 넘는 수의 엘프들이 간이침대에 누워 신음을 하고 있었다.

그 사이를 진혁과 다른 엘프들이 분주하게 돌아다니고 있었다.

얼마나 진혁이 바빠 보였는지 에일레나는 아는 척도 할 수가 없었다.

아니 안 바쁘더라도 아는 척 하기가 어려웠을 것이었다.

여기저기 신음하는 엘프의 모습, 게다가 그들의 아리따운 얼굴이 심하게 일그러져있었다.

머리카락은 듬성듬성 다 빠져나가고 말이었다.

에일레나와 두 사람은 엘프여왕이 자신들에게 왜 포션을 마시게 했는지 이해할 수가 있었다.

전염병이다.

원인은 모르지만 이들은 전염병에 걸린 것이었다.

한 눈에 딱 봐도 알 수가 있었다.

모두가 같은 증상이었다.

"도, 도대체 엘프들이 왜?"

이 상황에서 말을 먼저 꺼낸 것은 페테르였다.

"저도 묻고 싶군요."

엘프여왕이 감정이 복받치는 듯이 말했다.

에일레나와 일행들은 이 상황을 이해할 수가 있었다.

분명 인간의 짓이다.

엘프들에게 이런 몹쓸 짓을 할 만 한 자가 인간들밖에 없었다.

게다가 에일레나의 눈에는 이 전염병이 전혀 낯선 것이 아니었다.

바로 악코륜류왕국과 트레비존드왕국을 덮친 전염병과 유사했다.

아니 그보다는 더 강렬했다.

자연의 면역력을 갖고 태어난 엘프들이 걸리기 쉽도록 만든 전염병이었다.

인간과 면역체계가 다르기 때문에 전염병에 걸린 인간과 접촉한다고 엘프들이 병에 걸리지는 않는다.

그렇다는건 고의적으로 엘프들이 걸리도록 인간계에 유행하는 전염병을 개량한 것이다.

"이… 이런…."

에일레나는 자신도 모르게 화가 났다.

그녀의 가슴 속 깊은 곳에 분노가 솟아오르고 있었다.

"어, 어떤 인간이 이런 짓을!"

"인간들 전부가 아닐까요?"

엘프여왕이 무덤덤한 어조로 말했다.

"……?"

에일레나가 일순 멈칫한 표정으로 여왕의 얼굴을 쳐다보았다.

"산 밑의 인간들이 몰려왔었지요. 전염병이 돌고 있다고 포션을 달라고 말입니다. 하지만 우리는 거절했습니다."

"왜죠? 그들이 대가를 지불할 만한 게 없어서 그랬나요?"

에일레나가 따지듯이 말했다.

전염병이 돈지 꽤 지났다.

자연히 전염병이 도는 마을이나 왕국에서 엘프들과 거래할 만한 물자들이 제대로 생산되지 못하고 있었다.

"우리들을 이해심 없는 종족으로 보는군요."

엘프여왕이 차분한 어조로 말했다.

순간 에일레나의 얼굴이 빨개졌다.

엘프들은 상황파악이 빠르고 감정적인 동요보다는 현명하고 이성적인 판단을 하는 존재들이다.

분명 이들이 거절한 데는 이유가 있을 것이다.

'내가 경솔했군.'

에일레나가 엘프여왕을 보면서 생각했다.

엘프여왕은 에일레나의 마음을 느꼈는지 다시 말을 이어나갔다.

"숲이 죽어가고 있어요. 아크하 경계선 바로 아래는 인간들이 마구 잡이로 개발을 하는 바람에 말입니다. 이 숲속의 어머니는 그로 인해서 화가 나셨습니다. 그분의 화로

인하여 전염병이 돈 겁니다. 저희가 그것을 알고도 어머니를 거슬러 포션을 마구잡이로 만들 수는 없었습니다. 게다가 포션을 만들기 위해서 필요한 것을 채취하기 위해서 상처 입은 숲을 우리마저 또 다시 훼손시킬 수는 없었습니다."

"……."

"……."

"……."

엘프여왕의 말에 에일레나와 애버트 경, 페테르는 말없이 고개를 끄덕이고 있었다.

그녀의 말이 옳다.

엘프의 생각이 백 번 옳다.

코러스산이 다른 산들보다 약초의 효능이 높고 귀한 약재들이 많다보니 이곳을 마구잡이로 훼손하던 것이 어제오늘의 일이 아니었다.

몇 십 년, 아니 몇 백 년도 더한 일이었다.

오랫동안 숲의 어머니는 그 고통을 참은 셈이었다.

에일레나와 애버트 경은 인간인 게 몹시 부끄러웠다.

페테르는 이들보다 더 나아가 자신의 삶을 반성하고 있었다.

더 맛있고, 더 좋고, 더 멋진 것을 추구하는 삶을 살았다.

주어진 것에 감사하기보다 응당 당연한 일이었고 말이다.

엘프들의 태도에 그간 누려온 자신의 삶이 무엇을 희생했는지를 깨닫고 있었다.

결국 이 모든 화살은 인간에게 돌아오는 셈이었다.

"그래서 그 인간들이?"

에일레나는 이야기의 끝을 듣고자 다시 질문했다.

여제로서 상황을 정확히 파악하기 위해서 어쩔 수 없었다.

"그들은 되돌아갔습니다. 그런데 최근 상단 하나가 거래를 하고 싶다면서 아크하 경계선을 넘어서 왔습니다."

"무슨 상단이었습니까?"

"늘 거래하는 상단이었습니다. 벨로아 제국과 카라만스와트 왕국 등이 포함된 이곳 세 왕국을 주로 거래하는 상단이지요."

"아, 첼시나 상단."

에일레나도 아는 상단이었다.

중립국인 듀켄 왕국의 상단이었다.

하지만 첼시나 상단은 자국과의 거래보다는 코러스산 인근에 있는 나라와 벨로아 제국과의 거래에 더 많은 비중을 차지하고 있었다.

이 인근에서는 꽤 명성 높은 유명한 상단이었다.

에일레나로서는 의아하지 않을 수가 없었다.

하지만 침착하게 첼시나 상단을 변호하기보다 엘프여왕의 말을 끝까지 듣고 있었다.

"저희도 이 근방 왕국의 전염병으로 인해서 인간들과 거래한 지가 좀 되었습니다. 그래서 첼시나 상단을 저희 부족마을로 안내했지요."

"아."

"그들이 돌아간 후에 엘프들이 이렇게 쓰러지고 있습니다. 그 이후는 말 안 해도 알겠지요?"

엘프여왕의 낯빛은 어두워져갔다.

그것을 바라보는 세 사람의 모습도 불편해보였다.

❖

'잘하겠지.'

진혁은 전염병에 걸린 엘프들 사이를 분주하게 오가면서도 엘프여왕과 에일레나가 신경이 쓰였다.

하지만 자신이 나서지 않기로 결정한 이상 모든 것을 에일레나에게 맡겼다.

그녀가 잘해내길 바라면서 말이었다.

진혁은 과거 똑같은 일이 있었던 때를 떠올렸다.

엘프들의 급습에 이곳으로 끌려왔었다.

그 때는 진혁이 마법사라는 것을 빌미로 엘프여왕의 협조를 받아내었다.

어쨌든 간에 수월하게 이곳에서 급한 환자들을 돌보아 준 뒤에 엘 호수로 출발했었다.

근처까지 갈 동안에도 엘프들의 호위를 받았다.

그 덕에 엘 호수를 들어갈 수 있는 결정적인 도움을 받은 셈이었다.

그 뒤에 진혁은 엘 호수와 엘프 부족을 왔다 갔다 하면서 코러스산에 한동안 머물러 있었다.

엘호수에만 있다던 아켄스톤을 가지고 악코륜류 왕국과 트레비존드 왕국을 방문한 에일레나가 이들의 복속 조약을 얻은 것은 당연했다.

사실 거의 다된 밥에 아켄스톤이라는 명분을 얹어준 셈이었다.

그 뒤 첼시나 상단에 관해서 에일레나와 진혁간의 긴밀한 협조 작전을 했다.

하지만 알고 보니 첼시나 상단을 가장한 인근 마을의 주민들이 엘프들에게 보복을 벌인 것으로 드러났다.

흑마법사까지 동원해서 자신들에게 돌고 있는 전염병을 엘프들에게도 옮긴 것이다.

'인간들이란.'

진혁은 쓸쓸한 미소를 띠었다.

나도 못 먹는 밥을 다른 이가 손대는 것은 참 싫어한단
말이지.

진혁은 에일레나가 엘프여왕의 말에 어떤 반응을 보일
까 궁금했다.

지금 그녀의 발언은 이 상황에서 아주 중요할 게 뻔했다.

과거처럼 엘프들의 신뢰를 얻던지.

아니면 도로 엘프들의 감옥에 갇히던지.

진혁은 다소 초조했다.

하지만 아랫입술을 꽉 깨물었다.

에일레나 칸 스와트 여제에게 기회를 주어야 한다는 그
의 본능이 알람처럼 계속 울렸기 때문이었다.

진혁의 이런 마음을 알리없는 에일레나는 엘프여왕의
말에 잠시 고심에 잠겼다.

지금 인간은 엘프들에게 신뢰를 잃었다.

아마도 조만간 이곳에서 있던 일들은 코러스산 아래까
지 퍼져 나갈 것이다.

그렇게 되면 아크하 경계선 아래도 인간들의 출입이 점
점 더 어려워질게 뻔했다.

그동안 엘프들의 협조 덕에 오크나 드워프, 고블린등의
공격을 덜 받고 있었다.

그렇게 되면 이젠 수 십 개의 용병길드에 소속된 용병들

이 다 몰려온다 해도 이곳을 넘는데 힘든 싸움이 될 것이 뻔했다.

'어리석은 사람들.'

에일레나는 첼시나 상단이 왜 그런 어리석은 짓을 했는지 당최 이해할 수가 없었다.

아니 첼시나 상단을 가장한 세력이 했다고 하더라도 말이었다.

하지만 지금 이 순간은 인간들의 어리석음을 따질 때가 아니었다.

당면한 문제를 해결해야 한다.

바로 엘프여왕의 신뢰를 말이었다.

에일레나는 페테르를 쳐다보았다.

애버트 경이 그 순간을 놓치지 않았다.

-불가합니다.

-어쩔 수 없잖아. 내가 계속해서 신분을 감춘다면 엘프여왕은 날 믿지 않을 거야.

-그렇다고 해도. 저 자가 있는 한.

-나중 일은 나중에 생각하도록 하자. 운이 좋다면 저 자가 달라지겠지.

에일레나는 애버트 경과 마법통신구를 이용해서 대화를 한 다음 살짝 미소를 지었다.

"약속하겠습니다. 제 일을 끝마치는 대로 반드시 첼시

나 상단 및 마을 주민들을 상대로 철저하게 조사를 하겠습니다. 원하시면 저 마법사는 일이 끝마치는 대로 이곳에 머물면서 당신들을 돌보도록 하겠습니다."

에일레나는 진혁 쪽을 바라보면서 한번 웃었다.

진혁으로서는 살짝 기가 막혔다.

자신의 동의 없이 제멋대로 진혁을 판셈이다.

하지만 과거와 같은 방법이었다.

그 자신이 썼던 방법 말이다.

"당신을 어떻게 믿습니까? 인간들에게 속은 것은 한번으로 족합니다."

엘프여왕이 차가운 어조로 말했다.

"만약 우리를 믿지 못하셨다면 감옥에서 풀어주지도 않았을 겁니다. 그리고 귀한 포션을 마시게끔 하면서 이곳의 광경을 보여주지도 않았을 겁니다. 여왕님의 목적은 우리가 첼시나 상단의 배후와 다시는 이런 일이 없도록 손쓰는데 협조를 바라는 것 아닙니까?"

에일레나는 침착한 어조로 말했다.

"전 당신보다 저 마법사를 믿습니다. 저 마법사만 이곳에 남겨놓으십시오. 당신의 일행이었기에 양보를 구하기 위해서 이곳에 모신 겁니다."

엘프여왕은 에일레나에게 지지 않겠다 듯이 반박했다.

"저 사람은 저와 함께 엘 호수에 오릅니다. 그리고 그 일은 제가 보증하겠습니다. 반드시 이번 일을 배후를 철저히 캐내어 당신들의 복수를 하겠습니다."

"당신이 어떻게?"

엘프여왕이 살짝 눈썹을 치켜떴다.

"에일레나 칸 스와트 여제의 이름으로 이 약속은 반드시 이행될 것을 맹세합니다."

에일레나는 옷 속에 있었던 안보였던 자신의 펜던트를 꺼내었다.

카라만왕국이 카라만 스와트 황국으로 불리울때 부터 내려오던 전설의 펜던트였다.

일설에 의하면 드래곤이 직접 주었다는 말도 있었다.

어쨌거나 그 펜던트에는 드래곤의 불길로 새겨졌다는 스와트라는 글자가 새겨져 있었다.

그 펜던트의 단 한명의 주인.

바로 왕국의 주인밖에는 소유할 수가 없다.

이 펜던트가 스와트 왕가에 대대로 내려오면서 왕이나 여왕임을 증명하는 신물이 되었다.

더구나 드래곤의 불길로 새겨져 드래곤의 기운이 깃든 신물이었기에 엘프들이 그것의 기운을 읽을 수 있었다.

엘프여왕은 그 제서야 미소를 지었다.

그녀가 내민 펜던트는 진짜였기 때문이었다.

그 말은 의심할 것도 없이 눈앞의 공녀라는 여인은 카라만왕국의 여왕 에일레나가 분명했다.

페테르는 입을 딱 벌렸다.

애버트 경은 조용히 무릎을 꿇었다.

여왕에 대한 경의를 표하기 위해서였다.

다른 엘프들도 자신을 드러낸 에일레나 칸 스와트 여왕에게 경의를 표했다.

"에일레나 칸 스와트 여왕이 틀림없으시군요."

엘프여왕은 미소를 띠면서 말했다.

하지만 어딘가 엘프여왕은 이미 에일레나의 신분을 눈치 챈 듯이 보였다.

애버트 경은 그 모습을 보면서 펜던트의 기운 때문이었을 거라고 생각했다.

자연의 기운을 읽는 엘프들이 코러스산에 갑작스렇게 흘러들어온 드래곤의 기운을 읽었을 게다.

이번에 펜던트 덕을 톡톡히 본 셈이었다.

그게 없었더라면 아직까지 엘프들의 감옥에 갇혀 있었을 것이다.

엘프여왕이 자신들과 면담하지도.

그리고 귀한 포션을 마시게 하고 이곳의 광경을 보여주지도 않았을 거라고 생각했다.

하지만 가장 중요한 것은 에일레나 여왕이 자신의 신분을 솔직하게 밝히고 약속했다는 것이다.

만약 자신의 반대로 에일레나 여왕이 신분을 밝히지 않
았더라면……?

애버트 경은 순간 몸서리를 쳤다.

그 결과를 생각하기 조차 싫었다.

애버트 경은 에일레나 여왕의 판단에 순간 존경심 마저
일었다.

한편, 에일레나는 엘프여왕에게 그녀의 신뢰를 얻으려
고 노력하고 있었다.

"반드시 약속을 지키겠습니다. 당신들을 이렇게 만든
인간들을 내버려두지 않을 겁니다. 이 신물로 약속의 증표
를 삼겠습니다. 만약 제가 그 일을 행하지 않는다면 이 신
물은 당신들의 것이 될 겁니다."

에일레나는 목에서 펜던트를 벗으면서 말했다.

"신물은 맡기지 않으셔도 됩니다. 아시다시피 엘프들은
행동이 무척 민첩합니다. 만약 여왕께서 약속을 지키지 않는
다면 언제 어디서든 그 신물을 잃어버리실 수 있을 겁니다."

엘프여왕이 부드러운 어조로 말했다.

에일레나는 엘프여왕의 말에 미소로 화답했다.

그녀는 엘프여왕의 태도가 몹시 마음에 들었다.

남의 것을 탐하지 않으면서도 언제 어디서든 그것을 가
져갈 수 있다는 자신감을 가지고 있는 그녀가 매우 멋져
보였다.

'나도 저런 여왕의 모습을 갖추자.'

에일레나는 그동안 왕국을 다스리면서 에든버러 공작가에 위축되었던 자신의 모습이 떠올랐다.

"저희가 당신들을 호위하겠습니다."

엘프여왕이 말했다.

"부탁드립니다."

"대신 저 마법사는 반드시 돌아가실 때 저희 부족에 머무르셔야 합니다. 이것도 약속중 하나이십니다."

엘프여왕이 차분하면서도 강한 어조로 말했다.

"알겠습니다."

에일레나는 고개를 살짝 흔들었다.

그리고는 진혁이 있는 쪽으로 걸어갔다.

"다 들었지요?"

그녀는 진혁에게 낮게 속삭였다.

"뭡니까? 아무리 여왕이라고 하셔도 절 파시다니."

진혁은 일부러 투덜투덜 거렸다.

"이미 예측하고 계셨던 것 같은데요?"

에일레나가 씨익 웃었다.

"……."

진혁이 아무런 말을 하지 못하는 것을 보고 에일레나가 다시 말했다.

"하루 1골드, 계속 유효해요. 나중 이곳에서 내려올 때까지 계산해드릴게요."

에일레나가 진혁에게 거래를 제시했다.

진혁의 입장에서는 나쁘지 않은 거래다.

사실 에일레나가 그렇게 말하지 않더라도 이미 그리하려고 작정하고 있었던 진혁이었다.

과거에는 갓 7서클이 된 자신의 마력을 안정시키기 위해서 코러스산에 머무는 것이 더 좋았기 때문에 어쩔 수 없이 그녀와 헤어졌다.

하지만 이번엔 에일레나와 엮이지 않기 위해서, 그리고 지구로 되돌아가야할 이유와 그 문을 찾기 위해서 코러스산에 남아 있을 작정이었기 때문이었다.

"조금만 기다려주십시오. 이곳의 급한 불은 끄고요."

진혁은 그렇게 말하면서 다시 전염병에 걸린 엘프의 치료에 집중했다.

"알았어요. 기다리도록 하죠."

에일레나는 미소를 띠면서 말했다.

그 광경을 엘프여왕이 부럽다는 듯이 쳐다보았다.

다시 진혁과 에일레나 일행, 페테르는 엘 호수에 오르기 시작했다.

이번에는 티르 왕자와 콘래드, 엘프 둘이 함께 동행 한다는 점만 빼고 말이었다.

"에게, 겨우 둘만?"

페테르가 급 실망한 표정으로 엘프 둘을 바라보았다.

"내가 보기엔 저 두 분이면 엘프 십여 명, 인간들의 경우 소드 익스퍼런트 상급 백여 명 이상의 역할은 할 것 같은데."

애버트 경이 말했다.

"그, 그런가?"

페테르가 무안한 표정을 지면서 말했다.

"인간, 너 따위에게 인정받고 싶은 마음은 없다."

티르 왕자가 무덤덤한 표정으로 말했다.

'참 귀도 밝지.'

페테르가 속으로 투덜거렸다.

'그건 그렇고 저 여자가 여왕이라니.'

페테르는 에일레나 쪽을 바라보았다.

코러스산 아래 용병길드에서 일어난 일이 떠올랐다.

얼굴이 화끈 거리는 것이 느껴졌다.

'내가 외모만 보고 사람을 판단하는 경향이 있구나.'

페테르는 자신의 문제점이 무엇인지 깨닫고 있었다.

남들보다 상황파악력이 빠르고 대처능력이 뛰어나다는 페테르였지만 태생적인 한계, 성격적인 한계로 막혀있던 자신의 벽이 무엇인지 서서히 느껴졌다.

'가만 그렇고 보니, 스와트 여왕이잖아. 이거 큰 일 아닌가?'

페테르는 정치에 무관심한 편이었다.

어차피 백자가의 후계자가 아닌 마당에 굳이 복잡한 일에 끼어들기 싫어서였다.

하지만 벨로아 제국이 카라만 왕국이 카라만 스와트 제국으로 부활하는 것을 견제한다는 것은 언젠간 아버지 드르먼 백작의 입에서 들은 기억이 났다.

여왕이 즉위한 이후 왕국의 무역을 발전시켜 전쟁을 치르지 않고도 주변 영토들을 복속시켰다고 했다.

그런 면에서 굉장한 여자라는 것은 인정해야 했다.

게다가 과거 제국의 종속국인 악코륜류와 트레비존드를 다시 복속시키기 위해서 동분서주한다는 얘기도 들었다.

만약 그것이 이루어진다면 판테온에서는 카라만을 왕국이 아닌 제국으로 불리워 질 것이란 말도 있었다.

벨로아 제국의 입장에서는 그것이 상당히 껄끄럽다는 말도 함께 들었다.

무슨 일이 있어도 반드시 그것만은 저지해야 한다며 드르먼 백작이 열분을 토했던 당시 상황이 생생하게 떠올랐다.

페테르는 왜 에일레나 여왕이 코러스산 엘 호수를 무리해서 오르려고 하는지 깨달았다.

아켄스톤.

엘 호수 안에 있다던 아켄스톤.

치유석이기도 했다.

그 것만 있으면 지금 전염병이 돌고 있는 악코륜류와 트레비존드 왕국을 도와줄 수 있을 것이다.

카라만 왕국의 여왕으로서 두 왕국을 보살피겠다는 무언의 암시.

'제길, 하필이면 나한테 왜 이런 일들이 일어 나 야고!'

페테르가 인상을 썼다.

그는 이런 정치적인 복잡한 관계를 무척 싫어했다.

그래서 어렸을 때부터 정치 얘기를 늘어놓으시는 아버지 드르먼 백작이나 다른 귀족들을 그때마다 피했다.

그러다보니 자연스럽게 망나니 노릇밖에 할 게 없었다.

자신이 하고 싶은 것, 듣고 싶은 것만 하고 자라다 보니 자연스럽게 지금의 모습과 성격으로 성장한 셈이었다.

그는 어떻게 해야 할지 고민에 빠졌다.

그때 진혁이 페테르의 곁에 다가왔다.

"고민스럽죠?"

"그렇소."

페테르가 진혁의 말에 시인했다.

'이 자는 애초에 다 간파했구나.'

페테르는 진혁이 새삼 달라 보였다.

단 한마디지만 이 모든 상황을 꿰뚫어보고 내뱉는 말이었기 때문이었다.

처음 만났을 때보다 진혁이 점점 태산처럼 거대해 지고 있었다.

"뭘 선택하시던 간에 엘 호수는 같이 오르는 게 낫습니다."

진혁이 말했다.

"그건 당연하지 않소?"

"……."

진혁은 대답 대신 미소만 띠었다.

'왜 저러지?'

페테르는 고개를 갸웃거렸다.

하지만 이내 그 이유를 알게 되었다.

바로 페테르가 낙원여관에 두고 온 가신들과 용병들이 그들을 뒤따라 왔기 때문이었다.

엘프들의 마을에서 하룻밤 머물었던 까닭에 이들이 페테를 만날 수가 있었다.

순식간에 숲은 이들 일행으로 북적거렸다.

"용서하십시오."

페테르의 가신, 빈센트 경은 가신들을 대표로 말했다.

기사들과 마법사, 용병들 까지 한쪽 무릎을 꿇은 채 고개를 숙였다.

가신들은 가신들대로, 드르먼 백작의 화를 살까 두려웠다.

용병들도 마찬가지였다.

지금까지 쫓아온 일수를 따지자면 페테르가 약속한 골드가 무척 아쉬웠다.

만약 페테르가 이들을 거절하게 되면.

용병들 입장에서는 일확천금이 날아 간 셈이 된다.

페테르는 그런 가신들과 용병들을 보면서 잠시 고민에 빠졌다.

엘 호수는 여기서 하루 이틀이면 도착할 수 있다.

여기까지 수월하게 온 것이 진혁 덕분이기는 하지만 엘프들이 함께 있기에 가능한 일이었다.

가신들과 용병들이 아크하 경계선을 넘어 페테르를 쫓아올 수 있었던 것도 엘프들 덕이었다.

이들의 말에 의하면 이들도 엘프들에게 잡혀 갔다. 하지만 페테르가 좀 전에 출발한 진혁의 일행임을 알고 엘프들이 데려다 주었다.

같이 온 엘프들 만 잘 설득한다면 가신들과 용병들만 데리고도 페테르는 쉽게 엘 호수를 들어갈 수 있을 것이라고 판단했다.

하지만 좀 전에 진혁이 남긴 말이 마음에 걸렸다.

적군의 여왕이 있는 무리에 끼어 오르는 바보는 세상 어디에도 없을 것이다.

페테르는 그렇게 생각했다.

그런데 그런 말이 선뜻 나오지 않았다.

"니들은 여기서 기다려."

페테르는 그렇게 말을 뱉고는 몸을 돌려 에일레나 일행이 있는 쪽으로 뛰어갔다.

"……?"

"……."

가신들과 용병들은 당황해서 어쩔 줄을 몰랐다.

그때 페테르가 고개를 돌려 이들에게 외쳤다.

"아버지에게 안 알려. 그리고 용병들은 돈 줄 테니 걱정 말고 내 가신들이나 잘 보호해."

페테르는 뻘쭘한 표정을 지으면서 다시 고개를 휙 돌렸다.

'나리가 왜 저러지?'

빈센트 경은 갑작스럽게 달라진 페테르의 태도에 어안이 벙벙이었다.

지아프나 잭슨같은 용병들은 그야말로 경사가 났다.

내심 페테르가 골드를 깎거나 지불하지 않을 까봐 걱정했는데 말이다.

그냥 이곳에서 기다리는 것만으로도 돈을 준다니.

'우리가 알던 그 양반이 확실히 아니네.'

용병들은 왁작지껄 떠들면서 그곳에서 머물 자리를 마련하기 위해서 분산히 움직였다.

그들은 그날 저녁 내내 달라진 페테르의 모습을 화제거리로 삼았다.

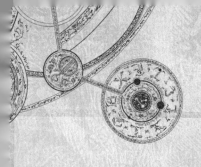

Return
of the Meister

NEO MODERN FANTASY STORY

8. 붕괴

8. 붕괴

종로 경찰서의 임종수와 이상훈은 요 며칠 정신없이 돌아다녔다.

아니 그들뿐만 아니라 종로 경찰서에 소속된 경찰들이라면 전부 동원되었다.

바로 감쪽같은 도둑 때문이었다.

그런데 그 일이 점점 범위를 넓혀갔다.

중구 경찰서 소속인 명동, 을지로 등 뿐만 아니라 서구 경찰서…….

이제는 서울 전역에 도둑맞았다는 신고로 하루 종일 전화기가 울려댔다.

그야말로 경찰들은 미칠 지경이었다.

언론에서는 연일 무능한 경찰이라고 비난을 했다.

TV만 틀면 연일 어느 집에 어떤 물건이 도둑맞았는지.

어느 곳에 무엇이 도둑맞았는지 끊임없이 소식이 이어졌다.

이 와중에도 신고 못한 불법물건들 까지 감안한다면 도둑맞은 횟수는 가히 짐작이 가지 않을 규모였다.

"도대체 어떤 조직에서 이러는 거지?"

임종수가 치밀어 오르는 분로를 애써 누르면서 말했다.

이제 경찰이나 형사들끼리는 도둑이 단순히 한명이나 몇 명 공범으로 이루어졌다고 생각지 않았다.

치밀하게 계획된, 지하조직에 의해서 자행되는 일이라고 판단했다.

그렇지 않고서야 하루 종일 도난 신고가 이어질 수가 없다.

그것도 서울 전역에서 말이었다.

"거참 이상하지. 보통 이정도로 판을 벌리고 있다면 우리가 심어놓은 애들한테 소식이라도 올 법한데."

이상훈이 고개를 갸우뚱 거리면서 말했다.

"그렇게 말일세."

임종수가 한숨을 쉬면서 말했다.

보통 조직에 의해서 사건이 터지면, 그 조직이 아니더라도 상대조직이나 다른 조직에서 은근슬쩍 제보를 한다.

아니 제보까지 아니더라도 끄나풀이나 양아치 애들을
몇몇 족치면 떠도는 소문을 캘 수는 있었다.

그런데 이번은 달랐다.

너무도 다른 게 문제였다.

서울 전역에서 벌어지는 도난 사건인데도 아무런 소득
이 없었다.

단서조차 없었다.

처음 종로 금은방에서 벌어진 도난사건처럼 cctv는 같
은 양상을 띠었다.

"휴, 또 그러네요."

정윤혜가 한숨을 쉬면서 두 사람을 향해서 다가오면서
말했다.

"그렇지."

"그렇지."

임종수와 이상훈은 동시에 말하고는 서로의 얼굴을 쳐
다보았다.

피식.

그저 한심했다.

자신들이 말이다.

"정말 투명망토라도 있나 봐요."

정윤혜가 농담인지 진담인지 알 수 없게 말했다.

"투명망토뿐 아니라 슈퍼맨과 스파이더맨도 동원돼야

233

하는데?"

이상훈이 농담조로 말했다.

"그렇긴 하죠. 어떻게 몇 초 사이에 명동에서 강남으로 도둑질을 하러 가겠어요.

"휴, 도대체 어떤 조직이 벌이는지 몰라도 첨단무기의 도움이 있다는 데 한 팔을 건다."

임종수가 자신의 왼쪽 팔을 내밀면서 말했다.

"그 말 책임질 수 있나?"

세 사람의 등 뒤에서 낯선 목소리가 들렸다.

임종수는 황급히 뒤를 돌아보았다.

바로 그 곳에는 종로경찰서장과 함께 금테안경을 쓴 남자가 서있었다.

"죄, 죄송합니다."

임종수가 허리를 굽신거리면서 말했다.

경찰서장의 태도로 보아서 함께 온 남자의 직위가 더 높아보였기 때문이었다.

"질책하려 든 것은 아닙니다. 안연우라고 합니다."

금테 안경을 쓴 남자는 세 사람에게 자신을 소개했다.

"자네들은 무조건 이분을 따라다니게."

종로경찰서장은 그렇게 말하면서 세 사람에게 눈치를 주었다.

잘 모시라는 뜻이었다.

그리고 잘 감시하라는 뜻도 되었다.

통상 이런 경우 시시콜콜 경찰서장에게 보고해야 한다
는 뜻도 되었다.

물론 이 자의 눈을 피해서 말이었다.

임종수와 이상훈의 경우, 잘 보여야 하는 임무와 감시자
의 임무를 동시에 떠안은 셈이었다.

'어디서 나온 거지?'

임종수와 이상훈은 서로의 눈빛을 교환했다.

이름을 밝히면서 신분은 밝히지 않는 사내.

그런 사내를 경찰서장이 떠받들고 있다.

아마도 가장 상위의 라인과 연결된 자일 수 있었다.

"저희가 도와드릴 수 있는 것은 전부 돕겠습니다."

이상훈이 재빠르게 말했다.

"처음의 사건을 다시 조사해봤으면 합니다."

안연우는 차분한 어조로 세 사람에게 말했다.

"그 사건이라면 제가 며칠을 밤새서 확인하고 또 확인
해봤어요."

정윤혜가 나서서 말했다.

"알고 있습니다. 그래서 그 사건을 다시 조사하려고 하
는 겁니다."

안연우는 정윤혜에게 눈길 한번 주지도 않으면서 말했
다.

임종수와 이상훈은 뭔가 찝찝했다.

자신들이 종로 금은방사건에서 놓친 게 있다면.

그야말로 호미로 막을 수 있을 것을 가래로도 못 막게 된 꼴이 아닌가.

임종수, 이상훈의 얼굴이 새파랗게 질리는 것은 당연했다.

정윤회 역시 마찬가지였다.

그녀는 불길한 마음에 종로 금은방 도난 당일과 전날이 찍힌 cctv를 다시 한 번 봐야겠다고 생각했다.

❖

종로 금은방.

여전히 우람한 체구를 자랑하는 금은방 주인은 형사들이 다시 나타나자 인상을 썼다.

딱히 사건이 해결되지 않은 까닭도 있었다.

아니 조사를 한다고 난리를 치고 진술 명목으로 자신을 실컷 괴롭힌 다음, 그 이후 연락조차 없었다.

게다가 그 사건이후 서울 전역에서 같은 도난 사건이 여기저기 벌어지고 있지 않는가.

서울시민들이 경찰에 대한 불신은 점점 하늘로 치솟고 있었다.

그러니 금은방 주인의 경우는 더했다.

"무엇 때문에 왔습니까?"

금은방 주인은 투덜거리는 어투로 말했다.

"그 때 상황을 다시 한 번 진술 받으려고 왔습니다."

임종수는 뻘쭘한 표정으로 말했다.

"아니 그때 다 하지 않았습니까? 그 이후로 소식 한 번 없더니 갑자기 다시 진술하라니요? 제가 뭐 그리 한가하신 줄 압니까!"

금은방 주인의 말은 끝부분쯤 이르렀을 때는 거의 항변에 가까웠다.

임종수나 이상훈은 할 말이 없었다.

사실 사건조사차 진술만 여러 번 했다.

하지만 그 이후 연일 터지는 사건에 금은방 주인의 일은 새까맣게 잊고 있었다.

사실 형사들도 일부러 그러려고 한 것은 아니었다.

하지만 워낙 높으신 들 분의 집이 털리고 있는 상황이었다.

그러다보니 경찰서에서는 그 사건들부터 해결하라고 난리를 쳐왔다.

형사들도 어쩔 수 없는 경우였다.

두 형사는 서로의 눈치를 보았다.

그때였다.

"다시 한 번 부탁드리죠."

그때 안연우가 금은방 주인에게 차분한 어조로 말했다.

"……."

금은방 주인은 난데없이 나타난, 형사 둘과 같이 온 낯선 사내를 쳐다보았다.

가만히 보기만 해도 일종의 힘이 느껴지는 자였다.

오랫동안 사람들을 대하는 사업을 해온 금은방 주인으로서는 상대가 만만치 않은.

형사들보다 아주 위에 있는 자라는 것을 직감했다.

'잘하면 내 잃어버린 보석들을 찾을 수 있지 않을까?'

금은방 주인은 막연하게 희망의 빛이 떠올랐다.

"네네, 무엇이든 도와드리죠."

그는 재빨리 태도를 바꾸었다.

'제길.'

임종수의 입가에 쓴 미소가 걸쳐졌다.

◈

"무엇부터 말씀드릴까요?"

금은방 주인의 말을 시작으로 다시 진술이 시작되었다.

"사건 전 날에 대해서 말씀해주시죠."

안연우는 수첩을 꺼내들고는 말했다.

"그 날은 별게 없습니다. 사실 이곳이 갓 오픈한 빌딩이고 저희도 입주한 지 얼마 안돼서 손님이 별로 없었습니다."

"손님들 중 이상하다고 느낀 사람이나 혹은 상담만 하고 물건은 사지 않은 사람은 없습니까?"

"사실 이런 곳에 연고자의 소개로 오는 사람들 말고는 처음 오자마자 보석류를 사겠다고 하는 사람은 드뭅니다."

금은방 주인이 안연우에게 그것도 모르냐는 식으로 말했다.

"몇 사람이나 다녀갔습니까?"

안연우가 그런 금은방 주인의 말에는 아랑곳 않고 질문했다.

"대여섯 사람 구경한다고 흘끔거리긴 했지만 저랑 직접 상담한 사람은 한 명도 없었습니다. 솔직히 그날은 완전히 공친 날이죠."

금은방 주인의 이마가 찌푸러졌다.

"직접 상담한 자가 없다…."

안연우가 수첩에 그 사실을 기록하면서 고개를 갸우뚱했다.

"혹시 그날 당신과 대화를 나눈 사람들은 직원 말고 또 누가 있었습니까?"

"음, 누구더라."

금은방 주인이 도난당하기 전날을 떠올렸다.

딱히 떠오르지가 않았다.

"사장님, 택배회사 직원에게 화내셨잖아요."

금은방 직원이 옆에서 참견을 했다.

"아, 그렇지."

금은방 사장은 머쓱한 표정으로 맞장구를 쳤다.

새까맣게 잊고 있었기 때문이었다.

"왜 화내셨습니까?"

안연우가 예리한 눈빛을 내면서 물었다.

"여행가방 때문이죠. 분명히 바로 배송해준다고 해서 샀는데 여행가기 전날 아슬아슬하게 배달돼서……."

금은방 사장은 말끝을 흐렸다.

그 날 자신이 택배회사 직원에게 모욕감을 느낄 만큼 상당하게 화를 냈었던 일이 떠올랐기 때문이었다.

왜 이런 일을 잊고 있었을까.

하지만 일개 택배회사 직원이 금은방 물건을 훔칠 담력이나 있을까.

금은방 주인은 고개를 저었다.

하지만 안연우는 달랐다.

"협조 감사합니다."

탁.

그는 수첩을 덮었다.

"아니 뭐 더 진술할 필요 없습니까?"

금은방 주인이 허둥대면서 물었다.

"다 된 것 같군요."

안연우는 그렇게 말하고는 임종수의 곁을 지나가면서
말했다.

"택배회사 직원 신분 확인해."

"......?"

임종수는 안연우의 말에 호기심이 솟았다.

겨우 택배회사 직원을 의심하는 걸까?

종로 금은방 도난 사건은 서울에 퍼진 도난 사건의 시초
이다.

일개 택배회사 직원이 금은방 주인에게 모멸감을 느꼈
다고 해서 벌일만한 일은 절대 아니었다.

도난 당일에 찍힌 cctv를 자신들이 수차례나 반복해서
보지 않았던가.

택배회사 직원이 슈퍼맨이나 스파이더맨, 투명망토 인
간이 아닌 다음에야 어림도 없는 일이었다.

그렇기 때문에 형사들이나 경찰들 사이에서는 서울 전
역에 일어나는 도난 사건들 배후에는 어떤 조직이 개입되
어 있으리라고 단정하고 있었다.

KSPO, 대한민국비밀수호단체.

바로 진혁과 안기부장인 오국현이 대통령의 지시에 따라 은밀하게 창설한 단체 말이었다.

KSPO는 서울 전역에서 일어나는 도난 사건에 대해서 분석을 했다.

처음 도난 사건이 일어났을 때는 단순히 부잣집을 상대로 벌어졌다.

하지만 시간이 흐르면서 흔히 있는 자의 집만을 대상으로 벌어지고 있었다.

게다가 도난이 일어나는 시간차가 점점 빨라졌다.

처음엔 몇 시간이더니 이제는 몇 십분, 아니 몇 분 사이로 벌어지고 있었다.

이미 진혁이 경험했던 사건들에 대한 파일을 가지고 있는 KSPO였다.

그런 만큼 다른 그 어떤 조직보다 가능성을 넓게 가지고 있었다.

결국 KSPO에서는 도난사건을 해결하는 데는 자신들이 나서는 것이 나을 것 같다는 판단을 내렸다.

직접적으로 개입하기로 한 것이었다.

진혁이 사라진 다음날부터 이 사건이 벌어졌기 때문에

더욱 주목할 수밖에 없었다.

안연우는 바로 그 단체의 요원이었다.

"음."

그는 종로경찰서로 돌아와 임종수와 이상훈이 취합해온 정보와 정윤혜가 보여주는 cctv를 분석하고 있었다.

'바로 이거야.'

안연우는 택배회사 직원이 종로 금은방 도난 사건 다음에 벌어졌던 또 다른 사건에 배달을 간 적이 있음을 확인했다.

게다가 그것뿐만이 아니었다.

진혁이 사라진 다음날부터 도난사건이 서울전역에 퍼졌다.

안연우는 혹시나 하는 마음에 택배회사 직원이 진혁의 집이나 회사에도 배달간 적이 있는지 확인했다.

그는 자신의 눈을 의심할 지경이었다.

전날 진혁의 집에 사과를 배달한 것이 바로 그 직원이었기 때문이었다.

'분명 이 자다. 이 자는 어떤 이유에서든지 우리 보스와 연결되어있다. 도난사건은 물론이고.'

안연우는 자신의 판단이 틀리지 않았다는 것을 본능적으로 느꼈다.

온 몸에 전율이 일었다.

일단은 이 자의 신변을 확보해야 한다.

만약 이 자가 도둑이라면 쉽게 잡힐 리가 없다.

안연우는 KSPO의 본부로 연락을 취했다.

이곳의 형사들과 경찰들을 택배회사 직원을 감시시키기보다는 자신들의 요원이 더 나을 것이라는 판단에서였다.

하지만 그 모습을 본 임종수와 이상훈은 못마땅했다.

분명 안연우는 자신들이 준 자료를 바탕으로 도난사건의 핵심에 거의 접근했다.

그가 아무리 표정관리를 해도 형사생활을 10년 넘게 한 이들을 속일 수는 없다.

게다가 함께 금은방도 다녀오고 자료도 취합했기 때문에 이 두 형사의 눈은 속일 수가 없었다.

안연우도 그것을 깨달았다.

'할 수 없지.'

그는 임종수와 이상훈을 불렀다.

그리고는 택배회사 직원을 주시하라는 명령을 내렸다.

하지만 이것이 그의 뼈아픈 실책이 될 줄이야.

나중에 그는 이 일을 두고두고 후회하게 되었다.

정호영은 멈출 수가 없었다.

어느 날 부터인가 자신의 의지와는 다르게 몸이 움직이고 있었다.

tv를 켜거나 신문, 책등을 보면 모든 정보가 연결이 되어 뇌 속으로 정보가 되어 들어왔다.

그리고 그 정보를 바탕으로, 그리고 그가 가지고 있었던 배달 기록과 택배회사 컴퓨터 망을 해킹해서 훔쳐갈 곳의 주소를 얻었다.

해킹이라니!

가방끈이 짧은 그가 어느새 컴퓨터를 전공으로 하는 자들보다 컴퓨터를 다루는 실력이 뛰어나졌다.

그의 뇌는 자신이 잠들어있을 때도 정신없이 움직이는 것 같았다.

아니 시간이 흐를수록 잠조차 잘 수 없었다.

머리가 너무도 맑았기 때문이었다.

그의 뇌는 끊임없이 정보를 원했다.

정보를 취합하고 가공해서 새로운 정보를 얻어 냈다.

또한 몸은 그가 원하면 어느새 투명하게 변했다.

정말이지 믿을 수 없는 기이한 일이었다.

자신이 하고도 믿기지 않을 뿐이었다.

하지만 어느 날 부턴가 정호영은 도둑질에 회의감이 들었다.

'내가 왜 이 짓을 하지?'

따지고 보면 종로 금은방 주인 때문이었다.

자신이 일부러 늦게 가져다 준 것도 아닌데 자신에게 심한 모멸감을 주었다.

자신이 금은방에서 일하는 직원도 아닌데 말이다.

택배직원이라고 무시하는 처사였다.

그것이 정호영의 분노를 샀다.

그런데 그 분노가 어느새 자신감으로 변해 있었다.

그것은 믿을 수 없는.

마술과도 같은 일이었다.

바지에 넣었던 그 돌멩이 같은 것을 만지작거렸을 때부터 일어났다.

처음엔 단순히 저것들을 훔쳐버리고 싶다라는 마음이었다.

사람들이 있는 데서 택배직원이라고 우습게 여기고 자신에게 심하게 모멸감을 안아준 금은방 주인에게 복수하고 싶다는 생각이 일었을 뿐이다.

보통 그 뿐만 아니라 다들 그러지 않은가.

회사에서 상사에게 깨졌을 때.

공부 잘하는 친구들을 바라볼 때.

무언가 특출 난 재능을 가진 사람을 볼 때.

돈 많은 어린 것이 스포츠카를 몰고 잘난척하는 것을 볼 때 등 등.

보통사람들이라면 한 번 쯤 나쁜 생각을 품을 수도 있다.

하지만 그런 생각이 행동으로 이어지는 것은 아니다.

정호영도 그랬다.

과거의 정호영이라면 그냥 금은방 주인의 모습을 떠올리면서 소주 한 잔 하면서 마음을 푸는 것이 전부였다.

그런데 모든 게 달라졌다.

그의 그런 마음이 진짜 행동으로 이어졌기 때문이었다.

너무도 쉬웠다.

이 모든 일이 그 돌멩이 때문이다.

정호영도 알고 있었다.

그것은 마치 자신에게 자신감과 그 무엇이든 소원을 들어주는 마법의 돌멩이였다.

게다가 끝내주게 두뇌도 돌아가기 시작했다.

하지만 어느 순간 자신이 돌멩이에게 조종당하는 게 아닐까 하는 생각이 들었다.

정의로운 대도라는 명분이 점점 마음에 들지 않았다.

아무리 정의롭다고 해도 도둑은 도둑이지 않는가.

애초에 도둑질로 잘 먹고 잘 사려고 했다면 진작 고아원 시절에 그길로 빠졌을 지도 모른다.

남들보다 불우한 환경에 놓여있는 아이들은 평범한 집 아이들보다 더 나쁜 길의 유혹을 받기 쉽다.

하지만 그것도 이겨내고 성실하게 여지까지 살아오지
않았던가.

정호영은 입술을 꽉 깨물었다.

멈추고 싶다.

진심으로 말이었다.

획익.

획.

하지만 그의 몸은 그의 의지와는 달리 어느새 평창동의
어느 주택을 넘고 있었다.

그의 머릿속은 이미 이 집 구조까지 꿰뚫어보고 있었다.

배달 갔을 때 보았던 주택 앞과 현관문.

그리고 어느 잡지에 실렸던 이 집의 인테리어.

정호영은 이번에도 마찬가지로 수월하게 그 집의 금고
안에 있던 보석류와 고가의 미술품을 훔쳤다.

그는 그것들을 짊어지고 자신의 집으로 향했다.

물론 투명인간인 채로 말이었다.

그가 평창동 주택의 담을 넘어 물건을 훔치고 서교동에
있는 집에 돌아온 시간은 채 5분도 안 걸렸다.

'또.'

정호영은 물건들을 안방에 쌓아두면서 망연자실한 표정
을 지었다.

어제까지 훔친 물건들은 이미 가난한 동네를 찾아가 집

들마다 하나씩 하나씩 몰래 넣어 주었다.

그런데 오늘 또 다시 훔친 물건이 방안에 쌓이고 있었
다.

이제는 너무도 익숙한 상황이었다.

자신의 의지와는 다르게 몸이 움직이니깐.

'이것을 버릴까?'

정호영은 바지주머니에 들어있는 마법의 돌멩이를 떠올
렸다.

하지만 그럴 수가 없는 자신을 직시했다.

몇 번이고 같은 생각을 했다.

하지만 그럴 때마다 본능적으로 그의 몸이 격하게 거부
했다.

심하면 온 몸에서 간질과도 같은 이상증세가 오곤 했다.

'휴우.'

정호영은 긴 한숨을 쉬면서 방안을 두리번거렸다.

문득 그의 눈에 방안에 있던 물건들이 다소 이상하다는
것을 깨달았다.

'누군가 다녀갔다.'

정호영은 바지주머니에 손을 넣었다.

마법의 돌멩이를 꽉 쥔 채로 말이었다.

그리고는 재빠르게 자신의 집에서 도망을 쳤다.

"아무도 없었습니다."

임종수가 안연우에게 말했다.

"이 집에 누가 들어갔습니까?"

안연우가 싸늘한 표정으로 임종수와 이상훈을 쳐다보았다.

"그게."

임종수와 이상훈은 서로의 얼굴을 쳐다보았다.

안연우가 알려진 택배회사 직원.

그들은 안연우 몰래 경찰서장에게 보고를 했다.

그게 화근인 셈이었다.

경찰서장은 외부에서 파견 나온, 아무리 최고 윗선의 지시라고 하지만.

그런 자에게 실적을 뺏기고 싶지 않았다.

게다가 이 도난사건은 서울 전 시민뿐 아니라 전 국민의 관심을 한 몸에 모은 사건이 아닌가.

이것만 해결한다면.

그의 출세는 따 놓은 당상인 셈이었다.

게다가 종로경찰서의 명성은 더욱 높아질 게 뻔했다.

결국 종로경찰서장의 지시에 따라서 다른 형사들이 택배회사 직원의 집에 들이닥쳤다.

그동안 훔친 물건이 있는지 확인하는 게 우선이었기 때문이었다.

종로경찰서장으로서는 보고 전에 확실하게 택배회사 직원이 범인인지 확인했어야 했다.

단순히 안연우의 말만 듣고 냉큼 그가 범인이라고 떠들어댈 수는 없지 않는가.

나름대로 치밀한 계획을 세운 다음 그가 범인임을 확인한 경찰서장은 위선에 보고를 했다.

같이 협조를 해서 택배회사 직원을 체포해도 먼저 보고를 한 종로경찰서장의 공으로 돌아가기 때문이었다.

임종수와 이상훈은 경찰서 내에 돌아가는 생리를 잘 알고 있기 때문에 안연우에게 아무런 말도 할 수가 없었다.

하지만 그들도 안연우의 이런 행동이 의아했다.

"처음부터 그 집에 정호영이란 자가 없었을 수도 있지 않습니까?"

이상훈이 안연우에게 항변하듯이 말했다.

"아닙니다. 그 자는 그 곳에 있었습니다."

안연우는 딱 잘라 말했다.

그의 그런 행동에 임종수와 이상훈은 어이없는 표정을 지었다.

도대체 이해할 수가 없다.

안연우의 말이 이해되지가 않았다.

신출귀몰한 도난사건의 범인으로 일개 택배회사 직원이 지목되었다.

모든 정황이 그를 가리킨다고 해도 그것을 실행할 능력이 택배회사 직원에게 없다는 것이 문제였다.

게다가 조직범죄와 연루된 적이 전혀 없는 정호영이었다.

그런데다가 정호영의 집을 급습하러 갈 때 보여준 안연우의 태도도 이상했다.

그는 정호영의 집 주변에 SWAT팀이나 형사들들 배치하지 않은 것은 물론이었다.

통상 이럴 때 상대가 도망갈 수도 있으니 잠복하는 것이 원칙이었다.

하지만 안연우는 그러지 않았다.

상당히 떨어진 거리를 유지한 채로 모든 대원들을 대기시켰다.

'저 자가 보고 있던 것 때문일까?'

이상훈은 안연우와 함께 대기하고 있을 때를 떠올렸다.

안연우는 품안에서 무언가를 꺼내어 몇 번이고 계속해서 확인하고 있었기 때문이었다.

'도대체 의문투성이네.'

임종수나 이상훈의 생각으론 안연우의 기이한 행동을

이해할 수가 없었다.

물론 안연우도 자신의 행동에 대해서 이들에게 설명해 주고 싶지도 않았다.

이들에게 설명을 하려면 KSPO라는 단체에 대해서 먼저 설명해야 하니깐 말이었다.

그리고 그가 가지고 있던 물건은 바로 진혁이 KSPO 단체를 위해서 심혈을 기울여 만든 일종의 아티팩트.

즉, 마나감지 아티팩트였다.

마법진이나 기이한 주술, 마법 등이 사용된 흔적을 읽는 아티팩트였다.

그리고 그 아티팩트는 이번에 안연우를 놀라게 했다.

그 놀라움은 범인을 놓친 것에 대한 걱정보다는 앞으로의 후환을 더 두렵게 만들었다.

아티팩트가 보여준.

정호영이 집에 있었을 것이라는 시간대에 보여준 수치는 그야말로 엄청났다.

예전에 진혁이 한 번 설명한 적은 있었다.

이 정도의 수치는 절대로 일어날 수 없다고 농담조로 곁들여 말했을 뿐이었다.

'시공간을 틀 수 있다고 했지.'

안연우의 표정은 점점 어두워져만 갔다.

정호영은 달렸다.

끊임없이 달렸다.

어디가 어디인지 모르겠다.

빵빵!

빠아아앙!

처음엔 차들의 경적소리가 귀에 요란하게 들려왔다.

자신이 도로 한복판을 달리고 있다는 것을 깨달았다.

투명인간도 아닌 채로 말이었다.

하지만 인지 순간에 그의 몸은 투명인간으로 변했다.

그런데 그것이 싫었다.

자신의 존재는 무엇이란 말인가.

있는 자에게 귀중품을 빼앗아 가난한 자에게 갖다 주어도 고맙다는 소리보다 도둑놈이란 소리를 듣는 세상에 살고 있지 않는가.

허망하다.

허망해?그의 머릿속에서 누군가 말을 걸어오는 기분이었다.

마법의 돌멩이?

정호영은 온몸이 오싹 거렸다.

마법의 돌멩이가 이지를 가지고 있다.

아니 이제는 사람처럼 자신의 생각을 말하기 시작했다.

바로 정호영의 머릿속에서 말이었다.

그리고 마법의 돌멩이는 점차 정호영의 머리, 뇌를 좀먹고 있었다.

아니 정호영의 몸 자체를 차지하고 있었다.

으악!

정호영은 자신도 모르게 비명을 질렀다.

63빌딩 가장 꼭대기 층에 서있는 자신을 발견하고 말이었다.

그것이 신호였다.

쩌어억.

쩍.

쿵!

건물의 금이 갈라지기 시작했다.

가뜩이나 흔들거리는 63빌딩 꼭대기 층이 격하게 흔들거렸다.

투투투투툭!

쿠우웅쾅!

콰아앙!

63빌딩의 제일 꼭대기 층부터 무너져 내리기 시작했다.

물론 정호영의 몸은 어느새 한강 둔치에 서있었다.

그의 눈동자 안에는 순식간에 무너지고 있는 63빌딩의
모습이 보였다.

'내가 도대체 무엇을 한 거지?'

정호영은 아연실색을 했다.

하지만 그것도 이내.

헛헛헛.

하하하하.

그의 입에서 웃음소리가 터지기 시작했다.

기분이 좋다.

건물이 무너지면서 내는 굉음이 너무도 듣기 좋았다.

'이것도 재밌네.'

어느새 정호영의 눈동자가 노랗게 변하기 시작했다.

그는 한강 둔치에서 강 저쪽으로 훌쩍 뛰었다.

그와 동시에 한강 안에 거대한 회오리가 일어났다.

믿을 수가 없는 광경이었다.

회오리는 한강에 있는 모든 물을 빨아들였다.

한강이라는 이름이 무색할 만큼 말이다.

그리고 그 회오리는 여의도를 덮쳤다.

좌르르륵.

좌악.

한강의 물을 전부 품은 회오리가 물 폭탄이 되어 여의도
전역에 동시에 낙하했다.

물 폭탄이 떨어지는 압력 또한 엄청났다.

정호영이 몰아치는 회오리에 자신의 힘까지 보탰기 때문이었다.

콰아아아앙!

쾅!

쩌억 쩍!

퍼억!

물 폭탄을 직격으로 맞은 빌딩들과 아파트들이 순식간에 붕괴되고 있었다.

심지어 거리에 있다가 물 폭탄을 그대로 맞은 사람들은 즉사하기까지 했다.

실로 엄청난 위력이었다.

순식간에 여의도는 아비규환이 되었다.

으악!

사람 살려!

여기저기 비명소리가 터져 나왔다.

설명이 불가능한 일이 일어났다.

63빌딩이 한 순간에 붕괴된 사건도 놀라운데 말이다.

한강의 모든 물이 사라졌다.

그 물이 전부 하나의 회오리가 되어 여의도를 덮쳤다는 게 말이 되는가.

여의도 안은 순식간에 물바다가 되었다.

사람들 뿐 만 아니라 모든 것들이 떠내려갔다.

건물들은 여지없이 붕괴되고 있었다.

아수라장.

달리 설명할 표현이 없었다.

하하하하하.

여의도 상공에서 거대한 웃음소리가 터져 나왔다.

그곳을 빠져나가려고 허둥대는 사람들은 자신들의 귀를
의심해야 했다.

하늘에서 알 수 없는 굉음이라고 생각했다.

설마 사람이 웃는 소리라고 생각지도 못했다.

정호영 이었다.

그의 몸은 어느새 여의도 상공에 떠있었다.

'이 사람들 놀래 켜 줄까?

그의 얼굴은 장난기로 가득 찼다.

이 모든 것이 그저 장난이다.

심심하다.

어차피 존재는 항상 이어져 온다.

어떤 것 든 지 대체할 수 있다.

이야기만 달라 질뿐.

하지만 그 이야기도 오랜 세월이 지나면 지루해 진다.

그 지루함을 참고 우주를 떠돌았다.

처음의 그때부터 말이었다.

숱하게 많은 별들을 보았다.

어떤 것은 문명이 있고,

어떤 것은 막 별의 태동했다.

인간이 있고 없고는 별개였다.

그렇게 오랜 떠돌음 끝에 이 별에 안착했다.

별이 되지 못한 우주의 부랑자 둘과 함께 말이었다.

그리고 어이없게도 한 인간의 손에 들려 깊은 아공간에 빠지고 말았다.

그리고 잊혀졌다.

자신이 어떻게 손쓰기도 전에 말이었다.

'진작 이랬어야지.'

정호영.

아니 마법의 돌멩이는 모처럼 느끼는 즐거움에 온몸을 부르르 떨었다.

이제 정호영은 없다.

그의 의지는 완벽하게 마법의 돌멩이라고 자신이 명명했던 것에게 완전히 종속되어 있었다.

바로 진혁이 태백산에서 가지고 온 조그만 운석이었다.

하지만 이것은 시작에 불과했다.

'놀이를 제대로 즐겨볼까?'

정호영, 마법의 돌멩이의 얼굴엔 즐거움을 기대하는 악동의 표정으로 가득 찼다.

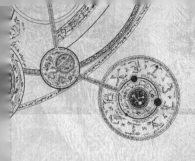

Return of the Meister

NEO MODERN FANTASY STORY

9. 마음의 변화

9. 마음의 변화

화르륵.

코러스산 속의 어둠을 물리치는 장작이 타올랐다.

에일레나와 애버트 경, 진혁과 페테르는 장작의 주변에 빙 둘러 앉았다.

그리고는 가지고 온 육포와 빵을 나눠 먹었다.

엘프들은 육식을 하지 않는 탓에 자신들이 준비한 과일 말린 것을 조금 먹고는 이내 보초를 서겠다고 하면서 나무 위로 올라가 버렸다.

"한 가지 물어봐도 될까요?"

에일레나가 페테르에게 조심스럽게 말했다.

"물어보십시오. 여왕님."

페테르 역시 조심스럽게 답하기는 매한가지였다.

에일레나의 신분을 알았으니 당연했다.

아무리 자신의 나라가 아니라고 해도 왕족과 귀족은 엄연히 다른 존재였다.

"그냥 공녀라고 불러주세요. 혹시나 저희들을 염탐하는 자나 이상한 무리들을 만날 수 있으니 말이에요."

에일레나가 부드럽게 말했다.

"알겠습니다. 여…… 공녀님."

페테르가 어색하게 말했다.

"왜 우리가 함께 간다고 했나요?"

에일레나가 오늘 내내 궁금한 질문을 했다.

"……."

페테르는 에일레나의 질문에 일순 말문이 막혔다.

자신이 왜 이들과 함께 가는 걸까?

자신조차 알 수가 없었다.

페테르는 에일레나가 호기심 가득한 눈으로 자신을 보고 있음을 깨달았다.

"솔직히 말씀드려서 잘 모르겠습니다."

"잘 모르겠다고요?"

에일레나가 싱긋 웃으면서 말했다.

"거짓말을 지어낼 수 없어서가 아니고?"

애버트 경이 옆에서 한마디 거들었다.

"그, 그런 것은 아닙니다."

페테르가 얼굴이 붉어지면서 말했다.

진혁은 그 광경을 본체만체 했다.

일부러였다.

에일레나와 페테르.

페테르와 에일레나.

분명 이 둘은 엘 호수로 향하는.

중요변수가 될 것이다.

과거와는 달리.

에일레나의 명줄을 페테르가 쥐고 있다.

아니 진혁은 자신의 심장 고동소리에서 그것을 느끼고 있었다.

사랑하는 여자를 뺏기는 그런 문제가 아니었다.

딱히 설명할 수 없지만 말이다.

진혁은 그저 멍석만 조용히 깔아줄 뿐이었다.

해결은 이 둘이 풀어야 한다.

페테르는 진혁 쪽을 향해서 도와달라는 눈빛을 보냈다.

하지만 진혁은 오히려 시선을 외면했다.

"휴우."

페테르는 자신도 모르게 한숨을 쉬었다.

그리고는 그는 자신의 가슴에 한쪽 손을 갖다 대었다.

에일레나와 애버트 경은 그 모습을 보고는 고개를 끄덕였다.

무슨 말이 필요할까.

가슴이 이끄는 대로 합류했다는 데 말이었다.

그리고 에일레나와 애버트 경은 페테르의 행동이 진심이라는 것을 느꼈다.

그의 멈칫멈칫한 행동.

익숙지 않은 행동에 뻘쭘한 표정.

그리고 엉거주춤한 태도로 가슴에 손을 얹었지만.

그로 인해서 오히려 페테르의 진심이 전해졌다.

페테르는 두 사람이 자신의 말을 진심으로 받아들이는 것을 보고 기뻤다.

하지만 분명히 해야 할 점이 있다고 여겨졌다.

그리고 그것을 속으로만 생각할 게 아니라 이들에게도 말해야 한다고 결론 내렸다.

"지금은 이렇습니다. 하지만 목적을 이루고 다시 제국으로 돌아간다면 제가 어떤 행동을 할지는 아직 모르겠습니다. 어쩌면 코러스산 기슭에 닿자마자 제국에 연락을 띄울 지도 모르겠습니다. 하지만 이것 하나만 말씀드리죠. 그 어떤 행동도 아직은 결정된 것이 없습니다. 아니 지금 결정하고 싶지 않습니다."

페테르는 단숨에 자신의 생각을 떨리는 목소리지만, 또

박또박 이들에게 말했다.

"......."

"......."

에일레나와 애버트 경은 말없이 페테르의 말을 듣고만
있었다.

진혁 만이 미소가 저절로 지어졌다.

애써 그것을 누르느라 참아야 했다.

아직까지 막연한 그림이지만 자신이 무엇 때문에 페테
르에게 끌렸는지 이해가 갔다.

과거 에일레나는 벨로아 제국이 보낸 자객에 의해서 죽
음을 당했다.

그녀의 제국이 너무도 커졌기 때문이었다.

게다가 7서클 마법사인 진혁이 그녀의 옆에 막강하게
버티고 있었다.

혹시라도 진혁이 8서클이 된다면.

이제 막 제국이 된 카라만이 벨로아 제국을 누를 수도
있었다.

벨로아 제국으로서는 화근을 없애야 했다.

하지만 대놓고 전쟁할 수는 없었다.

그런데 카라만 제국의 애든버러 공작가에서 손을 내밀
었다.

벨로아 제국으로서는 그 손을 잡은 것은 당연했다.

여왕만 죽는다면 진혁은 떠날 것이다.

그리고 애든버러 공작가에서 밀고 있는 왕자가 왕위에 오를 것이었다.

그렇게 된다면 오히려 적국이 아닌 동맹국가로서 두 제국이 협력관계를 공고히 할 것이기 때문이었다.

애든버러 공작가의 핏줄에는 벨로아 제국 왕가의 피도 아주 조금은 섞여있기 때문이었다.

아주 오래전 벨로아 제국의 공주가 카라만 제국의 전성기때 시집을 갔기 때문이었다.

그때는 카라만 제국의 위상이 매우 컸다.

벨로아 제국이 왕국일 때였다.

그렇게 애든버러 공작가에 벨로아 제국의 왕가 핏줄인점.

그로 인해서 더욱 벨로아 제국의 황족과 애든버러 공작가의 결속을 다지게 되었다.

어떻게 보면 웃긴 일이었다.

애든버러 공작가에서 여제만 지지했어도.

여제의 동생이자 왕자를 왕위에 오르게 하려고 하지만 않았어도.

에일레나 여제는 자객에 의해서 죽지 않았을 것이다.

진혁은 에일레나 여제가 자객에 의해서 죽음을 당했을 때가 떠오르자 자신도 모르게 주먹을 꽉 쥐었다.

단지 정치적인 이유로 사랑하는 사람을 잃는다는 거.

차라리 여제가 평민이었다면 피해갈 죽음일 수도 있었다.

그 이후 진혁은 자신만의 마탑을 세우고 그 속에서만 틀어박혀 지냈다.

그 어떤 나라에서 도움을 청하든, 골드를 산더미처럼 갖다 주어도 움직이지 않았다.

마법을 익히고 서클의 수를 늘리고.

제자를 키우는 재미로만 나머지 생을 살았다.

모든 것이 한낱 헛되었기 때문이었다.

'내가 그때는 그랬지.'

진혁은 꽉 쥔 주먹의 힘을 빼면서 피식 웃었다.

모든 게 무상하다고 여겼던 자신을 떠올렸기 때문이었다.

지금 이렇게 에일레나 여제가 자신의 눈앞에 다시 앉아 있다.

그런데도 자신은 그녀에게 다가가지 않는다.

오히려 다가오는 그녀를 밀어내고 있지 않는가.

진혁은 자신도 모르게 생각에 잠겨있는 에일레나를 쳐다보았다.

에일레나도 진혁이 쳐다보는 시선을 의식하고는 미소를 방긋 지었다.

"제가 어떻게 반응하면 좋을까요?"

에일레나는 진혁에게 질문을 던졌다.

진혁은 에일레나를 향해서 페테르를 턱짓으로 가리켰다.

"아."

에일레나는 탄성을 질렀다.

페테르와 같은 방식으로 하라는 진혁의 의미를 알아챘기 때문이었다.

그녀는 페테르를 향해서 입을 열었다.

"솔직하게 현재의 심정을 말해준 것에 대해서 감사하고 있어요. 저도 아직은 어떻게 해야 할지 모르겠네요. 아니 이 말을 하다 보니 방금 든 생각이 이래요. 저에 대해서 침묵을 지켜주셨으면 해요. 우리가 살아서 혹은 엘호수를 들어갔다 나왔다고 해도 말이죠. 저는 벨로아 제국을 적국으로 본 적이 없어요. 제 어머니가 애든버러 공작가의 딸이었다면 벨로아 제국과의 현재 상황이 달라졌을 수도 있어요. 저는 그렇다고 생각해요. 최소한 저는 카라만 왕국이 과거의 영광을 되찾아 제국으로 부상한다고 해도 벨로아 제국을 적국으로 생각지 않을 거에요. 두 나라의 관계 개선에 최선을 다할 것이고요. 판테온의 평화를 위해서 노력할거에요. 판테온에 사는 사람이라면 평민이나 노예나 귀족이나 왕족이든 누구나 밥 따스하게 먹고 잠잘 곳이 있도록 제 평생을 바쳐서 그렇게 만들 거예요.”

에일레나는 자신의 생각을 솔직하게 페테르에게 말했다.

페테르는 묵묵하게 에일레나의 말을 듣고만 있었다.

그렇지만 그의 머릿속은 복잡하게 회전되고 있었다.

그가 카라만 제국에 대해서 아는 것이라곤, 아직 여왕이라는 사람에 대해서 아는 것이라곤 아버지 드르먼 백작에게 들은 것이 전부였다.

하지만 지금은 다르지 않은가.

그 여왕이 눈앞에 직접 있다.

그것도 그녀의 속마음을 허심탄회하게 듣고 있었다.

‘우리 제국도 원하는 것만 보려고 했을 지도 모르겠다.’

그것이 페테르의 결론이었다.

아버지 드르먼 백작의 생각도 말이었다.

“사실 벨로아 제국과 카라만 왕국간의 정치적인 문제는 저는 잘 모릅니다. 그리고 노예들을 사람 대우 하시는 지도 잘 모르겠습니다. 하지만 이것 하나는 알겠습니다. 당신이 판테온에 꼭 필요한 여왕이라는 것을 말입니다.”

페테르는 나지막하게 말했다.

울컥.

에일레나는 자신도 모르게 감정이 복받쳤다.

하마터면 페테르 앞에서 눈물을 보일 뻔 했다.

"고마워요."

그녀는 환한 미소를 지으면서 페테르를 향해서 웃었다.

그리고는 진혁을 향해서 다시 한 번 미소를 지었다.

"고마워요."

그녀는 진혁에게 속삭이듯이 말했다.

순간 진혁의 심장이 벌렁거렸다.

과거 그때처럼 말이었다.

다시는 사랑하지 않겠노라 맹세하면서 잠재웠던 심장이.

두근두근.

에일레나의 미소 하나로 꽉 차기 시작하더니 어쩔 줄을 모르고 뛰고 있었다.

"잠시 실례하겠습니다."

진혁은 벌떡 자리에서 일어났다.

자신의 가슴을 진정시키기 위해서였다.

혹시라도 자신의 이런 감정을 에일레나가 눈치 챈다면 곤란이었다.

과거처럼 그녀를 또 잃을 수는 없었다.

자신이 그녀의 옆에 있지 않는다면.

지금의 상황으로는 그녀가 자객에게서 죽을 운명을 바꿀 수도 있었기 때문이었다.

"용기가 없는 분이네요."

그런 진혁의 등 뒤에서 소리가 났다.

어떻게 그 목소리를 모를 수가 있겠는가.

어느새 에일레나가 그의 뒤를 쫓아왔다.

"무슨 용기를 말씀하시는 겁니까?"

진혁은 짐짓 모른 척 했다.

"이거요."

에일레나는 자신의 손을 진혁의 가슴에 갖다 대었다.

두근두근.

한번 뛰기 시작한 진혁의 심장은 멈출 줄을 모르고 계속
뛰었다.

눈치도 없게 말이었다.

정작 주인의 의지와는 상관없이 말이다.

"왜 저를 그렇게 밀어내나요?"

에일레나가 슬픈 눈을 하면서 질문했다.

"……."

진혁은 그 어떤 말도 할 수가 없었다.

어떻게 말하겠는가.

과거 당신이 3년 내로 죽는다고 말할 수 있겠는가.

자신과 사랑에 빠진 죄로 말이다.

진혁은 이 상황이 난감하기 그지 없었다.

"이 가슴이 뛰는 대로 절 받아주시면 안 되나요?"

에일레나는 여자가 먼저 남자에게 사랑 고백하는 것이 수치라는 것을 잘 알고 있었다.

하지만 지금 눈앞의 이 남자.

이 사내를 놓친다면 그녀의 일생은 회색빛일 것만 같았다.

여왕의 자리에 오른 뒤, 단 한 번도 남자에게 마음을 빼겨본 적이 없다.

그런데 이 남자에게 자꾸만 시선이 간다.

그녀의 가슴이 이 남자를 반드시 차지하라고 알리고 있었다.

그리고 이 남자.

이 남자도 자신을 사랑하고 있는 것이 분명했다.

처음 시장 한구석에서 눈을 떴을 때.

그 눈에서 보았다.

이 남자는 자신을 분명 사랑할 수밖에.

사랑할 운명이다.

"……."

진혁은 아무런 말도 할 수가 없었다.

여전히 말이다.

에일레나는 무섭게 자신에게 돌진하는데 말이다.

마치 그녀는 내일이 없는 것처럼 단단히 각오를 한 것같다.

"이래서 당신을 사랑할 수밖에……."

진혁은 혼잣말처럼 중얼거렸다.

그리고는 멍한 눈빛을 하고 자신을 바라보는 에일레나의 허리에 자신의 팔을 둘렀다.

"아."

에일레나의 얼굴이 환하게 빛나기 시작했다.

진혁 역시 마찬가지였다.

"에일…레나…."

진혁은 그녀의 이름을 중얼거리면서 자신의 입술을 에일레나의 입술 위로 갖다 대었다.

한 몸이 된 두 사람의 위로 달빛이 환하게 비추었다.

❖

캉!

카앙!

크어어렁.

크헝!

휙.

휘익.

탁. 타악!

킥!

숲 속 여기저기 칼 휘두르는 소리가 난무했다.

그것뿐이 아니다.

거대한 놈들이 진혁의 일행을 공격하고 있었다.

놈은 바위로 만들어진 인간의 모습을 하고 있다. 하반신
은 흙 속ㅇ 묻혀 있으면서 미끄러지듯이 흙 위를 이동한
다.

상식적으로 이런 숲속에서 나타날 몬스터는 아니었다.

하지만 지금 눈앞의 놈은 흙을 타고 이동하는 것이 아니
라 나무든 풀이든 땅이든 무엇이든지 흐르는 듯이 타면서
이동하고 있었다.

게다가 크기가 6-7m가 넘고 있었다.

그야말로 놈 한 마리와 싸운 것도 벅찰 지경이었다.

"쉴드!"

진혁은 할 수 있는 대로 일단 각 사람들이나 엘프에게
쉴드를 씌워주었다.

하지만 6서클의 그가 만든 쉴드는 놈의 위력적인 주먹
에 금방 산산조각 나고 말았다.

진혁은 쉴드가 깨지는 사람들과 엘프들에게 계속해서
쉴드를 재생시켰다.

'조금만 버텨.'

그는 놈과 맞서서 싸우는 에일레나, 애버트 경과 페테르
와 엘프들을 보면서 간절히 바랬다.

모두가 한 몸이 되어 놈의 거대한 주먹세례를 피해서 공격하고 있었다.

확실히 칼은 무력하다.

"파이어 익스플로져!"

진혁은 자신의 진영에게는 쉴드를, 그리고 놈들에게는 불폭탄을 연속해서 날리는 것을 잊지 않았다.

퍼억!

콰르르르릉.

쾅.

명중이다.

하지만 어떻게 된 영문인지 놈들은 산산이 부서진 듯 하면서도 금방 재생되었다.

그것도 아주 순식간에 말이었다.

"헉, 헉."

페테르의 호흡이 가쁘게 전해져 왔다.

진혁은 그 뿐만 아니라 에일레나가 무척 힘들어 하고 있다는 것을 느꼈다.

과거와는 다른 양상이었다.

그때라면 파이어 익스플로져로 놈을 해결할 수 있었다.

'도대체 뭐지?'

진혁은 인상을 썼다.

그때였다.

진혁의 일행이 있는 쪽에 왁작지껄 소리가 났다.

페테르를 쫓아온 일행이었다.

그들은 싸우는 소리를 듣고는 전속력으로 달려오고 있었다.

'다행이다.'

진혁의 입가에서 미소가 감돌았다.

"저희가 늦어서 죄송합니다!"

페테르의 호위기사인 빈센트 경이 외치면서 페테르의 앞을 막아섰다.

지아프나 잭슨 등도 마찬가지였다.

"뭐 하러 왔어?"

페테르는 그 와중에도 빈센트 경을 타박했다.

하지만 그의 표정은 싫지 않는 눈치였다.

타아악!

빈센트 경이 놈을 유인하고 지아프가 오라를 실은 회전구슬로 놈을 향해서 가격했다.

"파이어 익스플로져!"

동시에 진혁이 불폭탄을 날렸다.

와르르르르르.

와르릉.

놈이 부서졌다.

확실히 좀 전까지와는 다르게 재생속도가 느렸다.

그때 엘프 한명이 놈에게 날아가 가루를 뿌렸다.

재생을 할 수 없게 만드는 가루였다.

놈의 재생력이 순간 사라졌다.

좀 전까지는 그 마법가루조차 놈에게 듣지 않고 있었다.

그런데 신기한 일이 생겼다.

콰쾅.

와르릉.

퍽.

놈이 그대로 부서졌다.

'이거군.'

진혁은 미소를 지면서 일행들을 바라보았다.

모두가 힘을 합친 합작품.

이들의 도움과 진혁의 마법, 그리고 엘프의 마법가루.

모두가 서로의 얼굴을 쳐다보았다.

놈의 퇴치법을 알게 된 것이었다.

"저 놈부터 하자!"

진혁의 말에 모두가 함성을 질렀다.

와아아악.

와!

순식간에 놈을 상대로 고전하던 상황이 역전된 것이었다.

"이 놈아, 이리로 와라!"

이번엔 지아프가 소리쳤다.

애버트 경이 공격할 태세를 취했다.

진혁 역시 마법을 시현할 자세를 취하고 있었다.

엘프들 역시 마찬가지였다.

콰르르르릉.

으으르르릉.

여기 저기서 놈들이 부서지는 소리가 들렸다.

와아아악.

사기는 오를 대로 올랐다.

모두가 서로의 눈빛을 주고받았다.

굳이 어느 팀이 정해진 것이 아니라 놈들이 움직일 때마
다 그 상황에 맞게 공격할 팀을 순식간에 짜서 움직였다.

마치 사전에 준비한 것처럼 말이었다.

진혁의 입가에는 시종일관 미소가 감도는 것은 당연했
다.

'이거군.'

와아악!

이겼다!

와아!

수십여 마리나 되던 놈들이 전부 산산조각이 났다.

모두가 함성을 질렀다.

에일레나가 진혁의 옆으로 다가왔다.

두 사람은 누가 먼저라고 할 것도 없이 다정하게 손을 잡았다.

모두가 기뻐서 함성을 질렀다.

애버트 경만이 에일레나와 진혁의 모습에 씁쓸한 표정을 감출 수가 없었다.

하지만 한 번도 남자에게 눈길을 주지 않던 여왕이 사랑을 찾았으니 축하할 일이었다.

툭.

페테르가 다가와 애버트 경의 옆구리를 친다.

그리고는 술이 담긴 가죽주머니를 내밀었다.

애버트 경은 페테르가 내민 가죽 주머니를 받아 들었다.

"이럴 때는 술이 최곱니다."

페테르는 애버트 경에게 그렇게 말하면서 자신도 가죽 주머니 안에 담긴 술을 들이켰다.

벌컥 벌컥.

벌컥.

두 사람은 말없이 가죽 주머니에 담긴 술을 한 방울도 남기지 않고 마셨다.

❖

제기랄!

여기 저기서 한탄이 터져 나왔다.

좀 전에 놈을 상대로 승리했다는 기분도 잠시.

에일레나의 일행과 페테르의 일행 앞에 사이클롭스가
모습을 드러냈기 때문이었다.

'목적지가 가까워오는군.'

진혁은 엘 호수가 머지않음을 깨 달았다.

그리고는 에일레나의 모습을 흘낏 쳐다보았다.

만약 엘호수를 통해서 지구로 되돌아갈 수 있게 된다면.

지금 이렇게 꼭 붙잡은 손을 놓을 수 있을까하는 생각이
물밀 듯이 흘러 들어왔다.

하지만 지금 이순간은 눈앞의 사이클롭스를 이겨야 한
다.

사이클롭스는 엄청난 괴력을 자랑하는 외눈박이 거인이
다. 거대한 바위를 던져 공격하기도 한다.

더구나 광폭한 성격에 자신이 있는 깊은 숲이나 높은 산
에 들어오는 것을 아주 싫어한다.

사실 사이클롭스를 인간이 만나는 일은 거의 없다고 해
도 과언이 아니였다.

그리고 엘호수를 오르기 위해서 아크하 경계선을 넘던
자들도 대부분은 놈의 공격에 더 이상 나아가지 못했기 때
문이었다.

어쨌거나 사이클롭스는 불의 정령력을 갖고 있어서 불

에 의한 데미지는 보통의 반 밖에 받고 있지 않다.

사이클롭스를 상대하기 위해서는 얼음공격을 해야 한다. 불에 강한 만큼 얼음에 취약한 것이다.

"아이스 익스플로져!"

진혁이 마법을 시현하면서 큰 소리로 외쳤다.

그것이 공격의 시작이었다.

파악.

팍!

사이클롭스 세 마리는 거대한 돌덩이를 집어 들어 인간들에게 던졌다.

타악.

탁.

사람들은 용케도 돌덩이들을 피하고 있었다.

엘프들이야 워낙 몸이 민첩하니깐 당연하고 말이었다.

하지만 상황은 점점 힘들어지고 있었다.

지금 눈앞의 사이클롭스들이 12-13여m나 되는 놈들이었기 때문이었다.

조금전 만난 놈들 보다 두배 이상 컸다.

게다가 그들이 그냥 휘젓는 팔에 조금이라도 닿으면 그대로 나가떨어질 정도였다.

휘이익.

휙.

퍼퍽퍽.

연속해서 날라오는 돌덩이와 거대한 팔이 가르는 바람 소리.

에일레나의 일행과 페테르의 일행, 엘프들까지 합치면 마흔명 정도 된다.

그런데 세 마리의 사이클롭스를 전혀 당해내지 못했다.

좀전에 놈을 상대로 합공한 방식을 펼쳐보았지만 사이클롭스에게 생채기도 입히지 못했다.

진혁역시 고전하기는 마찬가지였다.

지금까지 연신 이들에게 쉴드를 치고 아이스익스플로져를 시현하고 있었다.

그러니 마나가 급속하게 떨어지는 것은 당연했다.

"헉, 헉."

이제는 에일레나의 일행, 페테르의 일행 뿐 아니라 진혁의 입에서도 거친 숨이 터져 나오고 있었다.

'도대체 아이스 마법이 왜 안 먹히지?'

진혁은 힘든 와중에도 사이클롭스에 대해서 분석하고 있었다.

과거라면 아이스 익스플로져 마법으로 간단하게 이들을 물리쳤다.

몇 번의 아이스 익스플로져 공격을 받은 사이클롭스들이 비명을 지르면서 도망갔기 때문이었다.

그런데 지금은 수 십 번의 공격에도 끄덕도 않고 있었다.

'흠.'

진혁은 아이스 익스플로져 마법을 시현하는 것을 중단했다.

괜한 마나의 소비였다.

일단은 일행들에게 쉴드만 씌웠다.

그리고 사이클롭스의 약점이 무엇인지 살펴보았다.

지금까지 이들 앞에 나타난 몬스터들은 과거와는 조금씩 그 버전이 달랐다.

그렇다면 지금 눈앞의 사이클롭스도 마찬가지일 게다.

'도대체 뭐지?'

진혁의 입술은 점점 타들어갔다.

"아아아악!"

에일레나의 입에서 비명소리가 터져 나왔다.

휘익.

진혁은 순간 그녀의 몸을 낚아챘다.

쾅앙!

에일레나가 있던 그 자리에 거대한 돌덩어리가 땅바닥에 메다 꽂혔다.

"휴."

에일레나가 긴 숨을 쉬었다.

진혁은 그런 그녀에게 힐링마법을 이용해서 살짝 긴장을 풀어주었다.

아무래도 여왕으로서 이렇게 까지 치열한 실전을 경험한 적이 없기 때문에 이런 상황에서 바짝 긴장하는 것은 당연했다.

여지까지 아무런 내색도 않고 잘 싸워준 것이 오히려 기특할 지경이었다.

"뒤로 물러나 있으시오."

진혁이 에일레나의 귀에 대고 속삭였다.

"그럴 수는 없어요. 저들도 싸우는 걸요."

에일레나가 작지만 결의에 찬 목소리로 말했다.

"역시 여왕답군."

진혁이 미소를 지었다.

하지만 이들의 연애놀이는 이것으로 끝이었다.

사이클롭스의 무지막지한 주먹이 이들에게 내리쳤기 때문이었다.

'이크!'

진혁은 에일레나를 안고 사이클롭스의 주먹을 피했다.

그때였다.

진혁의 눈에 사이클롭스의 손바닥이 들어왔다.

사이클롭스의 손바닥 안에 마법진이 그려져 있다.

'저거였군.'

진혁은 왜 사이클롭스에게 자신의 마법이 먹히지 않았는지 깨달았다.

"아이스 익스플로젼!"

진혁은 사이클롭스의 손바닥을 향해 마법을 시현했다.

팡아앙.

아이스익스플로져 마법이 정확하게 사이클롭스의 손바닥을 명중시켰다.

ㅇㅇㅇㅇㅇㅇ악!

ㅋㅇㅇㅇㅇㅇ악!

크으렁!

쿵!

사이클롭스의 입에서 거친 비명소리가 터져 나왔다.

그러자 다른 사이클롭스가 주춤한 자세로 동료를 쳐다보았다.

진혁은 그 때를 놓치지 않았다.

"아이스 익스플로젼!"

ㅋㅎㅎㅎ흑.

크헉!

연달아 사이클롭스의 비명소리가 터져 나왔다.

세 마리의 사이클롭스는 자신들이 진혁의 상대가 되지 않는다는 것을 깨달았는지 도망치기 시작했다.

"쫓아라!"

페테르가 외쳤다.

"그만!"

진혁이 그런 페테르를 말렸다.

페테르가 의아한 표정을 지었다.

"다시 오지 않을 겁니다. 우리의 목적지는 엘 호수가 아닙니까? 이 고개만 넘으면 바로 엘 호수입니다."

진혁이 차분한 어조로 말했다.

그리고는 손가락을 들어 고개 넘어를 가리켰다.

"……."

"……."

동시에 에일레나 일행과 페테르의 일행은 진혁이 가리키는 쪽으로 고개를 돌렸다.

순식간에 모두가 정적에 휩싸였다.

그러나 어두운 분위기가 아니었다.

모두가 감격스런 표정을 지었다.

엘 호수.

몇 십 년 동안 사람들의 출입을 허락하지 않은 엘 호수.

그리고 몇 백 년 동안 아켄스톤을 사람들이 가지는 것을 허락하지 않던 바로 그 엘 호수가 있는 코러스산 정상에 어느새 다가온 것이다.

이 고개만 넘으면 말이었다.

모두가 감개무량한 표정으로 서로 얼싸 않았다.

단 한사람.

진혁만 빼고 말이었다.

그는 아무런 말도, 표정도 짓지 않았다.

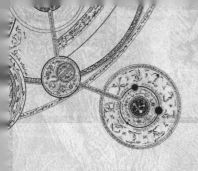

Return
of the Meister

NEO MODERN FANTASY STORY

10. 엘 호수, 진실의 끝

10. 엘 호수, 진실의 끝

Return of the Meister

와아~~!

에일레나의 일행과 페테르의 일행들 환호성 소리.

그들은 빠른 속도로 산 고개 하나를 넘었다.

바로 코러스산 정상, 엘 호수의 고지가 눈앞에 있었다.

금방이라도 엘 호수가 그들의 눈앞에 펼쳐질 것만 같았다.

모두의 얼굴에서 흥분이 일고 있음이 보였다.

에일레나 역시 마찬가지였다.

선대에 이어 내려온 카라만 왕국의 부활.

카라만 스와트 제국으로 판테온에 다시 그 이름을 올려 놓는 일이 꿈이 아니라는 것을 실감하고 있었다.

그들 모두 흥분에 자신들의 심장박동 소리가 들리는 것 같은 착각마저 일었다.

엘 호수가 어떠한 곳인가.

모두는 기대감과 흥분감으로 두 다리를 재촉하고 있었다.

휘이익.

휙.

여러 발의 화살이 일행들의 귓가를 스쳐갔다.

팅.

탁!

일행들을 호위하고 있던 엘프들이 곧 난데없이 날라 온 화살들을 향해서 일제히 활 시위를 당겼다.

화살 과 화살 끼리의 맞부딪침.

티이잉.

휘이익.

휙.

우두두두.

정신없이 여기저기 날라 오던 화살은 엘프들이 대응한 화살에 부딪혀 땅바닥에 떨어지고 있었다.

우스스스.

일행들의 입이 쩌억 벌어진 것은 당연했다.

엘프들이 뛰어난 궁수라는 것은 익히 알고 있다.

하지만 이토록 대단할 줄이야.

화살 한 발 한 발, 정확하게 날라 오는 화살촉을 겨냥하고 있었다.

대단한 솜씨였다.

뚝.

빗발치듯이 날라 오던 화살이 갑자기 멈추었다.

아무래도 엘프들 때문에 더 이상의 공격은 무의미하다고 숨은 적들이 판단한 듯 싶었다.

"엘프들이 왜 인간들을 호위하느냐!"

어디선가 우렁찬 목소리가 들렸다.

반인반마의 종족.

바로 켄타우로스였다.

켄타우로스는 인간 정도의 지성을 가지고 자연에 조화된 문화를 이루며 살고 있는 종족으로 알려져 있다.

매우 배타적인 종족으로 인간들과의 교류는 거의 없는 것으로 알려져 있다.

이것이 일반적인 지구에 알려진 판타지에 실리는 켄타우로스의 상식이었다.

하지만 판테온에서는 켄타우로스에 관한 상식이 없었다.

왜냐면 판테온에서는 켄타우로스가 존재한다고 알려져 있지 않기 때문이었다.

"저게 뭔가요?"

에일레나 마저 호기심 어린 눈빛으로 켄타우로스를 보았다.

인간과 같은 얼굴을 하고 있으면서 말의 다리를 하고 있는 종족을 보니 궁금한 것이 당연했다.

진혁은 티르 왕자에게 눈짓을 보냈다.

아무래도 켄타우로스는 인간에게 배타적인 관계로 자신과 말을 섞지 않을 거라고 판단했기 때문이었다.

진혁은 자신이 알고 있는 지구상식을 믿기로 했다.

어차피 지금 코러스산에서 만나고 있는 몬스터나 종족들은 판테온에 알려진 것과는 다소 다른 면면들을 보여주고 있으니깐 말이다.

"우리는 이 인간들과 약속했습니다. 그들은 엘 호수에 오를 것이오."

티르 왕자는 거침없이 켄타우로스에게 소리쳤다.

"누구 맘대로? 어림없다."

켄타우로스가 콧방귀를 뀌었다.

"코러스산의 엘 호수를 지키는 것은 우리의 임무요. 우리가 이 인간들을 들여보내겠다고 결정한 이상 우리는 반드시 인간들이 엘 호수를 보도록 최선을 다하겠소."

티르 왕자는 지지 않고 말했다.

"흥, 어디 한번 해보시지."

켄타우로스가 어디서 났는지 뿔피리를 잡고 불기 시작했다.

뿌우우우뿍!

뿌우!

다가닥다각.

다다다다각다닥다각.

그러자 여기 저기서 달려오는 소리가 들렸다.

순식간에 에일레나 일행과 페테르 일행들 주위에 켄타우로스 종족이 빙 둘러 서있었다.

'대략 백 정도 되겠군.'

진혁은 빙 둘러서있는 켄타우로스들을 보면서 생각했다.

엘프들도 갑자기 나타난 많은 수의 켄타우로스들을 보고 놀란 듯 싶었다.

"그 전에도 이들을 본 적 있습니까?"

진혁이 엘프족의 티르 왕자에게 물었다.

"솔직히 처음 봅니다."

티르 왕자는 이맛살을 찡그리면서 말했다.

평소 냉정하고 침착하기로 유명한 엘프들 마저 난생 처음 보는 켄타우로스 떼거리 등장에 몹시 당황한 듯 싶었다.

"이거 이상하군요."

진혁은 티르 왕자의 말에 중얼거렸다.

분명 눈앞의 켄타우로스는 자신들이 엘 호수를 오랫동안 지키는 수호자처럼 굴고 있었다.

심지어 엘프들에게 건네는 말 조차 같이 숲을 지키는 종족쯤으로 여기고 있었다.

그런데 엘프족의 티르 왕자는 켄타우로스를 처음 보는 눈치였다.

이 상황이 말이 되지 않았다.

진혁은 불길한 생각에 몸을 떨었다.

"혹시 아까 만난 사이클롭스의 손바닥 안에 마법진이 있었다는 것을 알고 계셨소?"

진혁이 티르 왕자에게 물었다.

"몰랐소."

티르 왕자가 무덤덤하게 말했다.

"……!"

진혁은 자신의 불길한 짐작이 맞다는 것을 깨달았다.

확실히 처음부터 느낀.

자신이 등장하면서부터 판테온의 세계는 꼬이고 있다.

물론 진혁 자신이 페테르를 동행시켰던, 의도적으로 과거가 바뀌길 바랬던 점도 있었다.

에일레나의 목숨을 위해서였다.

그런데 이미 코러스산도 그에 맞춰 변하고 있었다.

아크하 경계선까지는 큰 영향이 없었던 것 같다.

그러지 않았다면 아크하 경계선에 살고 있는 엘프들도 뭔가 바뀐 점이 있었을 거다.

하지만 엘 호수에 가까워질수록 나타난 몬스터들에게는 기존의 특징과 다른 점들이 있었다.

이제는 아예 엘프들도 모르는 켄타우로스, 판테온 세계에 애초부터 존재하지 않는 켄타우로스가 나타난 것이다.

'틀어졌다.'

진혁은 아랫입술을 지그시 눌렀다.

그의 머릿속은 계속해서 불길한 생각을 떨칠 수가 없었다.

판테온 세계가 변했다면 지금 현재 지구는 어떨까.

어떤 영문인지는 모르지만 판테온과 지구는 연결되어 있다.

그렇지 않고서야, 진혁 자신이 두 번이나 판테온에 올 수가 없지 않는가.

진혁의 낯빛은 어두워져 갔다.

지금 자신의 마법이라면 눈앞의 켄타우로스들을 일순간에 잠재울 수 있었다.

진혁은 켄타우로스들이 갖고 있는 능력이 보통의 인간 정도인 것을 확인했다.

다만 엘프들 만큼 활을 다루는 솜씨가 뛰어난 것뿐이었다.

물론 켄타우로스 특징상 달리기도 말처럼 빠를 것이다.

엘프들이 에일레나 일행과 페테르 일행과 함께 하는 이상 이들의 활 솜씨는 위력적이지 못하다.

진혁은 한순간에 이들을 마법으로 제압할 것인지, 다른 방법을 모색할 것인지 고민에 빠졌다.

이것이 바뀐 판테온의 세계라면.

단순히 마법으로 제압만이 길이 아니다.

엘 호수는, 특히 에일레나와 페테르가 얻고자 하는 아켄스톤은 거저 주어지는 것이 아니다.

방문객 모두에게 말이다.

시험에 통과한 자에만 주어진다.

순간 진혁의 가슴은 미어졌다.

에일레나 때문이었다.

"저들이 어떤 종족입니까?"

티르 왕자가 진혁의 사색을 깨트렸다.

"켄타우로스라는 종족입니다. 보시다시피 반인반마이죠. 상당히 배타적이라서 인간과는 말을 섞지 않을 겁니다."

진혁이 설명했다.

티르 왕자는 고개를 끄덕였다.

왜 진혁이 나서지 않고 자신에게 켄타우로스와 상대하라는 지 이해가 되었기 때문이었다.

"공격력은?"

"당신들이 있는 한 저들의 활 솜씨는 위력적이지 못합니다."

"당신의 마법은?"

"한순간에 제압할 수 있습니다."

"사용하고 싶지 않군요."

티르 왕자가 눈치 빠르게 말했다.

"당신들도 제가 마법을 사용한다면 어떤 반응을 보이시겠습니까?"

"비협조적이겠죠."

진혁은 티르 왕자의 말에 고개를 끄덕였다.

"여기는 엘 호수가 가깝습니다. 저들은 자신들이 이곳에서 오래 동안 지키고 있다고 생각하고 있습니다."

"말도 안돼!"

티르 왕자가 깜짝 놀라면서 말했다.

한 번도 코러스산 엘 호수 근처에서 본적이 없는 종족이기 때문이었다.

"그래서 문제라는 겁니다."

진혁이 나지막하게 말했다.

"저들이 있어야 할 곳을 착각하게 만든 무언가가 있다는 거군요."

티르 왕자가 말했다.

확실히 엘프들은 눈치가 빠르고 상황 판단력이 빨랐다.

그래서 대화하기가 편했다.

"제가 어떻게 하면 좋을까요?"

티르 왕자는 진혁의 얼굴을 쳐다보았다.

"저들에게 가서 우두머리를 설득해주십시오. 왜 우리를 엘 호수에 데려가기로 했는지 자초지종을 잘 말하면 통할지도 모릅니다. 단, 저들은 오만한 자들을 싫어합니다. 지들은 오만하게 굴면서 말입니다."

진혁은 티르 왕자에게 자신이 아는 켄타우로스에 관한 상식을 전달했다.

"최선을 다하겠습니다."

티르 왕자는 고개를 끄덕이고는 일행을 에워싸고 있는 켄타우로스 중 가장 우두머리에게로 단신으로 향했다.

"왜 저러죠?"

에일레나가 어느새 옆으로 와 속삭였다.

"대화하러 갔습니다."

"대화가 통할까요?"

"저희는 어려워도 엘프들은 가능할 겁니다."

진혁이 말했다.

"제발 그러길 바래요."

에일레나가 속삭였다.

진혁은 에일레나의 손을 꽉 쥐었다.

순간 에일레나의 볼이 붉어졌다.

"꼭 엘 호수에 당신을 데려가겠소."

진혁은 이글거리는 눈빛으로 에일레나를 쳐다보면서 말했다.

"전 믿어요."

에일레나가 싱긋 웃으면서 대답했다.

사랑하는 사람과 손을 꽉 잡고 켄타우로스 무리에게 둘러싸여 있는 기분은 비록 이상했지만 말이다.

그때였다.

일행들을 에워싸고 있던 켄타우로스들이 흩어지면서 길을 내주기 시작했다.

티르 왕자가 무덤덤한 표정으로 진혁과 일행들에게로 되돌아왔다.

"통과시켜주겠다 합니다."

티르 왕자는 그렇게 말하고는 진혁쪽을 보면서 고개를 숙였다.

인간들 중 진혁과 같은 인간은 처음 본다.

마법사로서 6서클은 물론 대단하다.

하지만 그것뿐만이 아니다.

여타 인간의 마법사들처럼 아집이나 고집이 있지 않다.

그리고 지혜롭다.

마치 현자의 모습처럼 말이다.

싸울 때와 협상할 때를 알고.

자신이 나서야 할 때와 다른 이를 내세워야 할 때를 정확히 알고 있었다.

거의 모든 이라고 해도 될 만큼 상식에 능통했으나 또한 그 상식을 고집하지도 않는다.

"어머, 저 엘프족 왕자님이 웃어요."

진혁의 옆에 서있던 에일레나는 그 모습을 보고 신기하다는 듯이 말했다.

보통 엘프들은 얼굴에서 그다지 표정변화가 없기 때문이었다.

게다가 인간들에게 배타적인 면도 있어서 그다지 감정표현이 거의 없었기 때문이었다.

에일레나는 정말 신기한 광경을 본 것처럼 티르 왕자의 얼굴과 진혁의 얼굴을 번갈아 가면서 쳐다보았다.

그리고 자신이 사랑하는 사람인 진혁이 처음보다 아주 거대한 인물이라는 것을 깨닫고 있었다.

◈

이젠 정말 엘 호수가 눈앞의 고지로 펼쳐졌다.

하지만 이번엔 스핑크스가 나타났다.

그것도 10여m나 되는 스핑크스였다.

스핑크스의 뒤엔 엘 호수가 그림처럼 펼쳐져 있었다.

스핑크스.

사자의 몸에 여성의 머리와 독수리의 날개를 가진 몬스터. 지능이 높고 고대어 마법까지 시현할 수가 있다.

또한 수수께끼를 좋아해, 만나는 모험자에게 문제를 내어 풀면 지나갈 수 있도록 협력을 해준다.

물론 진혁과 일행들 앞에 나타난 이 스핑크스도 판테온에서는 듣도 보도 못한 존재였다.

진혁 만이 스핑크스가 어떤 존재이면 수수께끼를 좋아한다는 것을 알고 있을 뿐이었다.

"저건 또 뭡니까?"

애버트 경이 한마디 했다.

아니 그의 말이 아니더라도 일행들의 눈빛은 그렇게 말하고 있었다.

엘프들마저 말이었다.

그들 모두 코러스산이 잘못되어도 단단히 잘못되었다는 것을 서서히 깨닫고 있었다.

이런 것들이 코러스산 엘 호수를 지키고 있다니.

듣도 보도 못한 이야기였기 때문이었다.

그동안 엘 호수를 오르려던 이들은 흔히 알려진 거대한 몬스터들과 한치 앞도 볼 수 없는 안개와 닿으면 녹아내리는 연기에 의해서 목적을 이룰 수가 없었다.

그래서 그것에 대해 만만의 준비를 해온 것도 있었다.

페테르의 일행들이 칼뿐만 아니라 다양한 무기를 소지해온 것을 보면 알 수가 있었다.

그 외 진귀한 포션등 만일의 사태에 대비해서 다양한 준비를 해가지고 왔다.

그런데 이것들을 언제 써야할지 알 수가 없었다.

전혀 새로운 난관에 부딪혔기 때문이었다.

이들은 가면 갈수록 진혁을 의존했다.

진혁은 나타나는 종족마다 전부 알아보고 있었다.

그리고 어떻게 상대를 해야 할 지, 그 방법까지 말이었다.

사람들과 엘프들은 점점 진혁을 향해서 존경의 눈빛을 띄우고 있었다.

진혁은 스핑크스의 앞으로 다가갔다.

"어떤 수수께끼를 내시렵니까?"

스핑크스는 자신에게 당당하게 와서 말을 거는 진혁을 무심한 눈빛으로 쳐다봤다.

"내가 왜 수수께끼를 낸다고 생각하지?"

'이크.'

진혁은 스핑크스의 말에 빠르게 머리를 회전했다.

여지까지 모든 종족, 몬스터들에게 변수가 있었다.

그렇다면 응당 이 스핑크스도 마찬가지일 수 있다.

진혁은 두 손을 공손히 모아 스핑크스에게 재차 말을 걸었다.

"그렇다면 저에게 당신의 원하시는 바를 말씀해 주십시오."

스핑크스는 진혁의 모습을 가만히 쳐다보았다.

일순 긴장감이 흘렀다.

이윽고 스핑크스가 말했다.

"저 두 사람 나오라고 해."

진혁은 스핑크스가 가리키는 쪽을 보았다.

에일레나와 페테르였다.

순간 진혁은 그간 페테르에게 느꼈던 키워드가 이것임을 깨달았다.

그는 두 사람에게 고개를 끄덕였다.

에일레나와 페테르.

두 사람은 잔뜩 긴장한 채로 스핑크스에게 다가왔다.

"무엇이 궁금합니까?"

진혁이 재차 스핑크스에게 물었다.

그때, 스핑크스가 갑자기 에일레나의 몸을 입으로 낚아챘다.

워낙 순식간에 벌어진 일이었다.

하지만 진혁은 침착했다.

아무리 변수가 있는 스핑크스여도 절대로 에일레나를 해하려고 하는 것이 아니라는 판단에서였다.

아니 그의 본능이 그렇게 알리고 있었다.

"까악!"

하지만 이를 알리없는 에일레나는 본능적으로 비명을 질렀다.

스릉.

슝!

일행들은 일제히 칼날을 뽑았다.

스핑크스는 인간들과 엘프들의 공격 태도를 보고도 여유로웠다.

그는 에일레나를 자신의 발치로 떨어트렸다.

타악.

순식간에 에일레나의 몸은 스핑크스의 발밑으로 들어갔다.

만약 스핑크스가 마음만 먹는다면 언제든 그녀를 밟아버릴 수가 있었다.

애버트 경은 멈칫했다.

자신들의 공격 속도보다 스핑크스의 발이 에일레나를 밟아버리는 속도가 더욱 빠를 수 있기 때문이었다.

그는 진혁을 보았다.

진혁이 무덤덤한 표정으로 고개를 끄덕였다.

괜찮다는 사인이었다.

애버트 경은 진혁을 믿어보기로 결심했다.

페테르 역시 당황하기는 마찬가지였다.

그는 허리춤에서 롱소드를 꺼내어 스핑크스의 앞에 겨누었다.

"왜지?"

스핑크스가 페테르에게 말했다.

"무슨?"

페테르는 스핑크스의 말뜻을 이해 못하고 고개를 갸웃거렸다.

이 상황에서 스핑크스의 의도가 무엇일까.

스핑크스는 재차 페테르에게 말했다.

"왜지?"

페테르는 난감했다.

그 역시 진혁을 바라보았다.

하지만 이번엔 진혁은 페테르 쪽을 향해서 눈도 마주치지 않았다.

이건 페테르의 문제다.

자신이 어떠한 일이 있어서 간에 관여해서는 안 되었다.

진혁 역시 마음이 복잡하기는 마찬가지였다.

페테르는 진혁이 자신을 외면하자 그 순간 스핑크스이 의도를 깨달았다.

이것은 수수께끼다.

처음 진혁이 스핑크스에게 수수께끼를 내라고 했던 말을 떠올리면서 말이다.

하지만 또한 수수께끼가 아니다.

자신을 실험하는 것이었다.

페테르는 심호흡을 했다.

그리고 입을 천천히 열었다.

"제가 적국의 여왕님을 살리려고 칼을 든 것은 그녀가 판테온 세계에 꼭 필요한 여왕이기 때문입니다. 저는 이번 여정에서 저 뿐만 아니라 사람들이 환경에 의해서, 또한 보고자 하는 면만 보면서, 또한 자신들의 이기주의에 의해서 제대로 진실을 직시하지 못하고 있다는 것을 깨달았습니다. 한때는 카라만 왕국은 제 적국이었습니다. 하지만 지금은 아니라고 감히 말씀드리겠습니다. 저 페테르 드르먼은 벨로아 제국으로 돌아가면 반드시 두 나라가 동맹국이 되도록 에일레나 칸 스와트 여왕과 함께 노력할 것입니다."

"……."

"……."

페테르의 가신들도.

용병들도.

아니, 에일레나와 애버트 경도 모두가 말이 없었다.

하하하하하하.

오로지 스핑크스만이 큰 소리로 호쾌하게 웃고 있었다.

그리고 에일레나의 두 눈에는 눈물이 글썽거리고 있었다.

스핑크스의 앞발이 높이 들렸다.

그와 동시에 에일레나는 스핑크스의 발밑을 빠져 나왔다.

"가라!"

스핑크스의 목소리가 일행들을 향해서 울려 퍼졌다.

와아아!

일행들은 모두가 엘 호수가 있는 초원으로 달렸다.

향긋하고 신비로운 풀 내음이 코를 자극시켰다.

그것만으로도 온 몸이 치유되는 기분이 들었다.

"이게 꿈은 아니지?"

지아프가 같은 용병인 잭슨을 보면서 말했다.

"그러게. 나도 믿기지 않네."

잭슨도 맞장구를 쳤다.

두 사람 뿐 아니라 다른 용병들도 모두가 기뻐서 어쩔 줄을 몰랐다.

"이러고 있을 때가 아니지. 얼른 엘 호수로 들어가야 지."

지아프의 육중한 몸이 순식간에 놀랄 만큼 민첩하게 엘 호수를 향해서 달려갔다.

잭슨 역시 지지 않으려고 그 옆을 뛰었다.

그들 뿐 아니었다.

일행들은 전부 엘 호수를 향해서 달렸다.

하지만 진혁은 사람들의 그런 모습을 볼 뿐 초원위에서 좀처럼 움직이지 않았다.

"왜 안 가십니까?"

엘프족의 왕자 티르가 진혁의 옆에 와서 말했다.

"이곳의 향만으로도 황홀합니다."

진혁이 말했다.

그의 입가에 감도는 쓸쓸함은 감추지를 못했다.

"저희 부족과의 약속은 지켜주십시오."

티르 왕자가 말했다.

"아마 해답은 엘 호수가 줄 것 같습니다."

진혁은 눈을 들어 엘 호수 쪽을 가리켰다.

티르 왕자는 침착한 표정으로 진혁의 말을 경청했다.

그가 무슨 의도로 그런 말을 했는지.

그리고 어떤 상황이든 진혁은 전염병이 돈 엘프들을 내 버려두지 않을 것을 알고 있었다.

에일레나와 일행들, 페테르와 일행들이 동시에 엘 호숫가에 다다랐다.

이들은 호숫가에 있다던 전설의 아퀸스톤을 찾기 위해서 물속으로 뛰어들려고 했다.

팅.

티잉.

하지만 그 누구도 호숫가에서 물 속으로 들어갈 수가 없었다.

몸을 날려도 팅겨 나올 뿐이었다.

거대한 쉴드가 호수를 싸고 있는 것처럼 보였다.

"제길, 여기까지 와서."

지아프가 아쉬운 듯 중얼거렸다.

"어쩐지 너무 쉽더라."

잭슨도, 다른 용병들도 마찬가지였다.

순식간에 호수 주변은 이들의 불만 섞인 목소리로 가득 찼다.

그때, 호수 한가운데서 정령이 떠올랐다.

"조용히 해주세요."

물의 정령왕 엘라임이었다.

투명할 만큼 반짝이는 외모와 호수바닥까지 닿을 정도

로 긴 투명한 머리카락을 가지고 있었다.

마치 이 세상의 존재면서 또한 이 세상에 속하지 않는 존재처럼 여겨졌다.

"저희가 이곳에 들어가도록 허락해주세요."

에일레나가 정령왕 엘라임에게 말했다.

"왜 들어오시려고 하나요?"

"사람들이 전염병에 죽어가고 있어요. 그들에게 희망을 주고 싶어요. 그리고 두 왕국을 저희 왕국과 통합시킬 거에요."

에일레나가 엘라임 말에 솔직하게 대답했다.

"두 왕국을 통합 시킨다…… 너무 이기적인 것 아닌가요?"

엘라임이 비릿한 미소를 지면서 말했다.

"아니에요. 두 왕국은 오랫동안 평민들을 귀족들의 농노로 전락시켰어요. 백성들은 과도한 세금에 배고픔을 견디지 못해서 코러스산을 마구 잡이로 훼손시켰어요. 또한 이 두 왕국은 애초에 저희 왕국의 영지였습니다. 저는 제 이름을 걸고 두 왕국의 백성들을 돌볼 겁니다. 그들의 사정을 오랫동안 지켜보고 있었습니다. 제발 저에게 두 왕국의 백성을 지킬 수 있도록 기회를 주세요. 과거 카라만 스와트 제국의 명성을 되찾도록 기회를 주세요. 만약 그것이 제 욕심뿐이라면 당신이 아켄스톤을 얻을 기회를 주지 않으셔도 됩니다. 하지만 저는 이렇게 허락해달라고 간청하고 싶군요."

에일레나는 호숫가에 무릎을 꿇었다.

자신의 진심을 나타내기 위해서였다.

물의 정령왕 엘라임이 그 제서야 싱긋 웃었다.

"당신은 통과이군요."

그 순간 에일레나의 몸이 붕 뜬다 싶더니 어느새 정령왕 엘라임의 곁에 서있었다.

'어머, 내가 물위에 떠있다니.'

에일레나는 신기한 듯이 자신의 발밑을 보았다.

"저, 저도 할 말이 있습니다."

페테르가 에일레나가 정령왕 엘라임의 시험에 통과한 것을 보고 소리쳤다.

"당신은 스핑크스에게 한 말을 지키기 위해서 아켄스톤 이 필요하겠지요?"

엘라임이 페테르의 말은 들어볼 것도 없다는 듯이 말했다.

"그렇습니다."

페테르가 미소를 지었다.

그 순간 그의 몸도 붕 뜨기 시작했다.

웅성웅성.

모두가 저마다 아켄스톤을 왜 얻어야 하는지 소리치기 바빴다.

하지만 애버트 경은 침묵했다.

에일레나가 정령왕 엘라임의 시험에 통과했으니 그의 소임은 다한 셈이었다.

애버트 경의 역할은 이제 에일레나를 무사히 카라만 왕국까지 가는데 호위하는 것뿐이었다.

그의 눈가는 어느새 촉촉해졌다.

"당신은 바라던 것을 이루셨군요."

정령왕 엘라임은 용병들과 페테르의 가신들이 외치는 소리는 못들은척 하면서 오히려 애버트 경에게 말을 걸었다.

"그렇습니다."

애버트 경은 물의 정령왕이 자신에게 말을 걸어준 것도 황송하게 여겨져 고개를 숙였다.

그 순간 그의 몸이 붕 떴다.

애버트 경의 눈이 커져갔다.

"……?"

그의 모습을 보면서 정령왕 엘라임이 말했다.

"당신을 위한 아켄스톤을 취하세요. 그랜드 마스터 정도는 되어야 앞으로 카라만 제국을 더 강하게 지키지 않을까요?"

"황공합니다."

애버트 경이 말하면서 고개를 숙였다.

"물론 아퀜스톤을 가졌다고 해서 금방 그랜드 소드마스터가 되는 건 아니에요. 당신의 노력도 필요하답니다. 하지만 당신은 단 시간 내에 이룰 수 있겠군요."

"정령왕의 축복말씀, 가슴에 새기겠습니다."

애버트 경이 정령왕 엘라임을 보면서 말했다.

그 순간 애버트 경과 엘라임 사이에서 전류가 흐르는 느낌이 들었다.

"이런."

엘라임이 빙긋 웃었다.

애버트 경은 의아한 표정을 지었다.

"당신에게 제 아이를 붙여드리겠습니다. 당신은 물의 정령과 깊은 인연이 있군요."

정령왕 엘라임이 웃으면서 말했다.

애버트 경은 이 모든 게 믿어지지가 않았다.

오랫동안 사모하던 에일레나 여왕을 눈앞에서 뺏겼다.

아니 뺏겼다고 할 수도 없다.

그러나 그는 자신의 본분을 죽을 때까지 지킬 작정이었다.

여왕이 설령 결혼을 하든.

그것은 상관이 없었다.

그런 애버트 경에게 정령왕 엘라임은 선물을 준 셈이었다.

애버트 경으로서는 황송하기 그지 없었다.

자신의 충성에 대한 대가를, 차고도 넘치게 받는 기분이었다.

그리고 곧 그는 귀여운 운디네와 마주대했다.

운디네는 정령왕 엘라임을 어딘가 닮아 있었다.

물론 아직 어리고 귀여운 외모지만 말이다.

"여기 있다."

운디네는 애버트 경에게 아켄스톤을 내밀었다.

"네가 가지고 있으렴."

애버트 경은 운디네에게 속삭였다.

"제가 가져도 되요?"

끄덕끄덕.

운디네와 애버트 경의 첫 만남은 이렇게 기분 좋게 시작되었다.

❖

진혁도 결국은 엘 호수에 다다랐다.

오기 싫지만 와야 하는 곳.

분명 에일레나의 운명은 페테르에게 달려있을지 모른다.

앞으로 페테르가 벨로아 제국으로 돌아가 백작의 후계

자로 성장하고 작위를 받고.

그리고 두 나라간의 동맹관계에 적극적인 지지를 에일레나 여왕과 함께 할 것이다.

진혁의 머릿속에는 이미 두 사람의 미래 모습이 스치듯이 지나갔다.

그 이후는 어떻게 될지 모르겠다.

진혁은 불과 하루 전 에일레나와 사랑을 하던 모습을 떠올렸다.

사랑.

사랑이 문제다.

항상.

다시 판테온의 과거로 돌아오고.

에일레나를 이곳에서 마주치고.

그리고 운명을 따라서 어쩔 수 없이 그녀와 함께 코러스산을 넘어서 이곳까지 왔다.

거부해도 거부할 수 없던 에일레나의 매력은 결코 그를 함락시켰다.

아니 사랑이라는 이름은 도저히 당해낼 재간이 없었다.

하지만 이제는 그것도 끝이다.

그녀의 뇌리에.

그리고 진혁의 뇌리에.

이 사랑은 이것으로 끝나야 한다.

진혁의 가슴은 미어터졌다.

그의 눈은 엘 호수 한가운데 떠있는 에일레나를 향했다.

"당신은 떠나고 싶지 않군요."

정령왕 엘라임이 그런 진혁을 보면서 말했다.

진혁은 대답 대신 쓸쓸한 미소를 띠었다.

"자 오세요."

정령왕 엘라임은 손을 내밀었다.

부웅.

진혁의 몸이 허공으로 뜨는가 싶더니 동시에 호수 안에서 물기둥이 솟구쳤다.

에일레나와 페테르, 애버트 경때와는 전혀 다른 상황이 전개됐다.

세 사람 조차 놀라서 진혁 쪽을 쳐다보았다.

"저 분은 괜찮으실 겁니다."

정령왕 엘라임이 세 사람에게 미소를 띠었다.

"왜 그렇죠?"

에일레나는 자신도 모르게 뛰는 심장 소리를 억누르고 물었다.

"그가 이곳까지 온 목적이니깐요."

엘라임이 말했다.

에일레나는 자신도 모르게 고개를 끄덕였다.

진혁은 보았다.

자신의 모습을.

자신이기도 하면서 자신이 아닌 모습을 말이다.

그의 품안에 에일레나가 밝게 웃고 있었다.

그리고 짧은 이별.

진혁은 전염병을 앓고 있는 엘프들이 있는 곳으로 향했다. 정령왕 엘라임의 기운이 실린 아켄스톤을 들고 말이었다.

엘프들을 위한 아켄스톤을 엘라임이 특별히 만들어 준 것이었다.

에일레나는 페테르와 함께 악코륜류와 트래비존드 왕국으로 향했다.

그리고 카라만 제국의 부활이 시작되었다.

진혁은 계속해서 보았다.

그가 사랑하는 여인, 에일레나가 환히 웃는 모습을.

밤마다 두 사람이 그녀의 침실에서 사랑을 나누는 모습을.

그리고 진혁은 두 눈을 감았다.

더 이상 그 상황을 보는 것은 무의미하다는 것을 알았다.

자신이면서 자신이 아닌 자신이기 때문이었다.

-왜죠?

정령왕 엘라임의 속삭임이 그의 머릿속에 들려왔다.

진혁은 대답 대신 손가락을 들어 위를 가리켰다.

지구로 되돌아가겠다는 의미였다.

-당신의 선택인가요?

-그렇습니다. 제가 있어야 할 곳은 지구입니다.

-그녀의 미래가 궁금하지 않나요?

-어떤 미래이든지 그녀도, 저도 담담히 받아들일 겁니다.

-왜죠?

정령왕 엘라임이 재차 물었다.

-저에게 이곳은 한바탕의 꿈입니다.

진혁이 솔직하게 말했다.

그리고는 자신의 가슴에 손을 얹었다.

-그렇다고 단순한 꿈은 아닙니다. 심장박동이 이토록 사무치게 뛰는 꿈입니다.

-힘든 꿈이군요.

정령왕 엘라임이 속삭였다.

진혁은 아무런 말도 하지 않았다.

갑작스럽게 판테온에 끌려와 코러스산 엘호수에 오르기까지 여정이 주마등처럼 지나갔다.

-가세요!

정령왕 엘라임이 소리쳤다.

슈와아악!

쑤와와와와악!

동시에 진혁을 감싸고 있던 물기둥이 다시 한 번 허공으로 더욱 치솟았다.

마치 하늘 끝까지 갈 것처럼 말이었다.

❖

대한민국이 쑥대밭이 되었다.

단 하루 만에 말이다.

으하하하하하.

대한민국 전역에서는 정호영의 웃음소리만이 울려 퍼지고 있었다.

이 아비규환에 살아난 사람들은 그 웃음소리가 지옥에서 온 악마의 웃음소리라고 생각했다.

모두가 매 순간 벌벌 떨었다.

언제 또다시 어떤 공격이 올지 모르기 때문이었다.

하지만 살아난 사람들보다 더 괴로운 존재가 있었다.

바로 정호영 안에 진짜 정호영이었다.

'이게 아닌데.'

그는 자신을 향해서 외쳤다.

이 모든 게 꿈이었으면 좋겠다.

한바탕의 꿈 말이다.

그동안 자신에게 무례하게 굴었던 사람들을 욕했던 것마저 후회했다.

자신 안에 자신도 모르던 악마가 잠들어있었던 것은 아닐까 의심스러웠다.

하지만 이 모든 원흉은 단 하나.

마법의 돌 때문이었다.

그것이 자신의 머리를 장악하고 자신의 심장을 장악하고 있었다.

"제발!"

정호영은 있는 힘껏 쥐어짰다.

그 누구도 그의 목소리를 듣지 못했다.

"으하하하하하하하."

그의 입에서 나오는 소리라고는 마법의 돌이 내지르는 악마의 소리뿐이었다.

'제발 이게 꿈이라고 말해줘! 제발 부탁이요!'

정호영의 처절한 외침이 그의 머릿속에서 울려 퍼지고 있었다.

퍼어엉.

펑!

그때, 갑자기 하늘에서 요란한 소리가 났다.

마법의 돌조차 예상치 못한 변수 같았다.

정호영은 알 수가 있었다.

마법의 돌이 흠칫 놀라는 모습을 말이다.

'기회다!'

정호영은 있는 힘껏 외쳤다.

"그때로 돌아갈래!"

❖

택배기사, 정호영은 소희네 집을 나서면서 하늘을 한번 쳐다보았다.

아직 5월이건만 뙤약볕처럼 뜨겁던 태양도 어느새 먹구름에 가리워져 있었다.

'비가 오려나.'

그는 오늘 아침 일기예보를 떠올리면서 고개를 갸웃거렸다.

당분간 비 소식이 없었기 때문이었다.

오히려 심각한 가뭄이 될지도 모른다는 소식이 종종 들려왔다.

'역시 일기예보는 엉터리군.'

그는 문득 발밑에 무언가 반짝이는 것을 보았다.

'이게 뭐지?'

정호영은 그것을 주워들었다.

돌이었다.

하지만 단순한 돌이 아니었다.

산호 빛처럼 투명하고 맑은 빛들이 돌 표면에 반짝이고 있었다.

크기는 보통 길가에 흔히 구를만한 돌멩이 정도였다.

'해도 없는데 이렇게 반짝이나?'

정호영은 돌을 요리 저리 뜯어보았다.

아무리 봐도 신기한 돌멩이였다.

전체적으로 거무스름했지만 간간이 보이는 투명한 빛이 너무도 신비롭게 그의 마음을 당겼다.

그런데 참 이상했다.

어쩐지 자신의 것이면서 자신의 것이 아닌 것처럼 느껴졌다.

'거참 이상하지.'

그는 고개를 갸웃거렸다.

그때였다.

그가 막 배달하고 온 주택가의 대문이 열렸다.

그리고는 한 젊은이가 허겁지겁 뛰어 나왔다.

"여기 있었구나."

그는 정호영이 들고 있는 돌멩이를 보면서 말했다.

"아, 주인이십니까?"

"제가 집으로 들어오면서 흘렸나 봅니다."

진혁이었다.

진혁은 싱긋 웃으면서 정호영이 들고 있는 돌멩이를 가리켰다.

'그러면 그렇지. 단순한 돌멩이가 아니었어.'

정호영은 다소 아쉬웠지만 주인인 젊은이에게 돌멩이를 건넸다.

'으음?'

정호영은 그때 돌멩이가 부르르 떨고 있는 것을 느꼈다.

'에이, 돌멩이가 떨다니. 내가 착각했겠지.'

그는 그렇게 생각했다.

진혁은 정호영이 건네 쥐는 돌멩이를 꽉 쥐었다.

"그러면 조심히 가십시오."

진혁은 정중하게 정호영에게 인사를 했다.

정호영은 가볍게 목례를 한 다음 주택 앞에 세워 두었던 택배트럭 운전석에 허겁지겁 올라탔다.

이곳에서 다소 시간을 지체했기 때문이었다.

오늘은 무척 바쁜 날이었다.

진혁은 택배트럭이 떠날 때까지 그 자리에 서있었다.

"요놈, 다시는 장난 못 치도록 해주지."

그는 태백산에서 주웠던 운석, 아니 운석인 줄 알았던

태초의 돌을 자신의 아공간 깊이 밀어 넣었다.

이번에는 니르갈의 힘을 이용해 특별 감시를 붙여서 말이었다.

앞으로 태초의 돌이 아무리 발악을 한다고 해도 진혁의 허락 없이는 아공간에서 나오지 못할 것이다.

"하늘이 청명하네."

진혁은 하늘을 보면서 중얼거렸다.

방금 전까지만 해도 먹구름으로 가득 찼던 하늘이 산호색처럼 아름다운 하늘로 변해 있었다.

그런 지구의 하늘은 마치 엘호수을 들여다보고 있는 것처럼 느껴졌다.

진혁은 자신의 선택을 후회하지 않았다.

아직 지구에는 못다 한 일이 있다.

그 일을 반드시 끝마쳐야 한다.

그것이 판테온과 지구, 두 세계를 왕래하게 된 자신의 특별한 사명임을 강하게 느끼고 있었다.

집으로 들어가는 진혁의 어깨가 무거워 보였다.

하지만 불끈 쥔 그의 주먹에 강한 힘이 서려있었다.

〈7권에서 계속〉